DÖRTHE JÁNOSA, 1939 in Witten geboren, studierte Anglistik, Germanistik und Kunstgeschichte in Mainz, Würzburg und Köln. Über 30 Jahre unterrichtete sie an verschiedenen Schulen, daneben bildete sie sich in der Malerei fort. Von 1999 bis 2005 studierte sie Freie Malerei am Institut für Ausbildung in bildender Kunst und Kunsttherapie in Bochum.

Dörthe Jánosa

Die Villa steht noch

Eine Erinnerung

Weitere Informationen über den Verlag und sein Programm unter
www.buchmedia.de

Oktober 2013
© 2013 Buch&media GmbH, München
Umschlaggestaltung: Kay Fretwurst, Freienbrink
Printed in Germany
ISBN 978-3-86520-491-2

Für Charlotte, Lasse, Lara und Carl

I.

Die Bohlen der schmalen Behelfsbrücke schwankten merklich, als Ute und ihre Mutter im August 1945 die Ruhr bei Oberwengern überquerten. Entgegenkommende guckten die beiden ein wenig erstaunt an: eine junge Frau in einem Pelzmantel, ein kleines Mädchen, auf der Schulter ein Paar Skier, und das an einem warmen Spätsommertag. Vier Tage und vier Nächte waren die beiden unterwegs gewesen, um von Erlangen ins Ruhrgebiet zu kommen. Utes Mutter seufzte vor Erleichterung. Sie hatten es geschafft! Sie waren in Wetter angekommen. Auch am anderen Ufer ein beruhigendes Bild: das Ruhrschlösschen, die Häuser an der Wasserstraße – alles unverändert. Während der langen Bahnfahrt hatten die beiden viele zerbombte Städte gesehen, Ute hatte große Angst in Mamas Gesicht bemerkt. Die Mitreisenden waren ebenfalls voller Sorge gewesen über das, was sie erwarten würde. Nun waren die beiden schon beinahe fröhlich. Als sie sich dem Bahnhofsgebäude näherten, staunte Ute: »Warum sind denn die Türen mit Brettern zugenagelt?«

»Das weiß ich auch nicht, vielleicht weil hier zurzeit keine Züge abfahren, die Brücke nach Hagen ist wohl gesprengt.«

»Gesprengte Brücken«, den Ausdruck hatte Ute während der viertägigen Zugfahrt oft gehört, der Grund für die Umwege, die der Zug nehmen musste. Sie erreichten die Stelle, wo die Kaiserstraße in die Wittener Straße überging. Rechts auf der Anhöhe erblickte Ute die Oberhoffsche Villa. Von der nachmittäglichen Sonne vergoldet, erschien ihr das Gebäude noch herrlicher, als sie es in Erinnerung hatte.

»Die Villa steht noch!«

Hätte sie nicht die Skier auf der Schulter gehabt, sie hätte einen Luftsprung gemacht. Wie oft hatte sie in den letzten Monaten an ihre Freundin Christine denken müssen, die dort wohnte. Nun würde es nicht mehr lange dauern und sie würden sich wiedersehen. Dann waren es auch nur noch ein paar Schritte und sie standen vor dem Haus, in dem die Großeltern wohnten. Utes Mutter drückte auf den Klingelknopf.

»Frau Scharberg, Einquartierung!«

Laut rief ein etwa zehnjähriges Mädchen diesen Satz durch den Flur. Ute und ihre Mutter standen verwirrt im Eingang. Sekunden später trat eine Frau an das Mädchen heran. »Christel, hol mal die Frau Scharberg aus der Waschküche und sag ihr, dass sie Besuch hat.«

»Ich bin die Tochter«, sagte Utes Mutter.

»Das habe ich mir schon gedacht, ein Foto von Ihnen und Ihrer Tochter hängt im Esszimmer Ihrer Mutter an der Wand. Entschuldigen Sie meine Tochter, sie hat das Wort Einquartierung so oft gehört, wir selbst sind ja auch die Einquartierung bei Ihrer Mutter.«

In diesem Moment kam Utes Großmutter aus der Waschküche. Ein seifiger Dunst umgab sie. Ihre geröteten, feuchten Hände wischte sie an ihrer geblümten Schürze ab, dann gab es eine freudige Begrüßung, bei der die Tränen nur so kullerten. Erst nach etlichen Minuten folgten Sätze, die anzeigten, dass man wieder Boden unter den Füßen gewann.

»Nun kommt aber erst mal in die Wohnung und legt die dicken Sachen ab.«

Utes Mutter knöpfte sich aus dem grauen Pelzmantel, Ute lehnte ihre kurzen Skier an die Wand und warf ihr grünes Tiroler Cape über einen Stuhl. Mutter und Tochter atmeten vor Erleichterung auf.

Utes Mutter erzählte, während sie durch den Flur in die Küche gingen, von ihrer Fahrt. Frau Döing zog derweil ihre Tochter, die auch alles gern gehört hätte, in eines der gegenüberliegenden Zimmer.

»Vier Tage und Nächte sind wir auf offenen Güterwagen bis hierhergekommen. Es waren viele Leute unterwegs, durch sie konnten wir erfahren, welcher Zug ins Ruhrgebiet fährt. Fahrpläne gibt es ja nicht.«

»Wir waren in Erlangen, Oma – da war es sehr schön. Ich hatte viele Freundinnen. Eine hatte so herrliche Spielsachen und ...«

Ute wollte unbedingt etwas zu dem Gespräch beitragen.
»Schön«, unterbrach Oma, »jetzt setzt euch erst mal an den Küchentisch. Ich mache euch schnell was zu essen.«
Es klopfte. Frau Döing steckte ihren Kopf zur Küchentür herein: »Frau Scharberg, sollen Thea und ich Ihre Wäsche fertigmachen?«
»Ach du meine Güte, die Wäsche, die hab ich in der Aufregung ganz vergessen! Wenn Sie für mich weitermachen würden ...«
»Ist doch selbstverständlich«, murmelte Thea, »wir dürfen ja auch immer Ihre Waschmaschine benutzen.«
»Danke«, sagte die Großmutter. Nun wandte sie sich wieder Tochter und Enkelin zu.
»Mal gucken, was ich euch zu essen geben kann!«
Sie schaute ihre Tochter an. »Lotte, was schaust du auf einmal so betrübt?«
Seit ihrem Eintreffen waren erst ein paar Minuten vergangen. Im Freudentaumel der Begrüßung war eine Frage untergegangen.
»Wo ist Vater?«
»Ja, wo ist Opa eigentlich?«
Mutter und Tochter sprachen fast gleichzeitig.
Großmutter lächelte. »Beruhigt euch, Ewald geht es gut. Er ist unterwegs auf Hamsterfahrt. Heute Abend ist er bestimmt zurück und bringt gute Sachen mit.«
Erleichterung machte sich auf den Gesichtern der beiden breit.
»Mögt ihr Apfelpfannkuchen?« Großmutter kam wieder auf die handfesteren Themen zurück. »Ich habe noch zwei Eier, Äpfel aus dem Garten, Mehl und Butterschmalz.«
»Mm, da freu ich mich«, kam es von Utes Seite.
»Wunderbar«, ergänzte die Tochter.
Es war ein köstliches Mahl. Lange hatten die beiden nicht so etwas Gutes gegessen. Die Großmutter beobachtete sie und lächelte still, als sie sah, wie es ihnen schmeckte. Plötzlich hielt Ute inne, im Mund ein großes Pfannkuchenstück: »Oma, du musst mitessen, sonst schmeckt's mir nicht.«
»Ich esse, wenn Ewald nach Hause kommt. Er bringt immer Hasenbrote mit, die verspeisen wir heute Abend alle zusammen.«

»Hasenbrote?« Ute guckte skeptisch.

»Das sind leckere Doppeldecker aus Bauernbrot mit viel guter Butter, Schinken oder Wurst darauf. So nennt man Butterbrote, die jemand von der Reise mitbringt.«

»Ich freu mich auf heute Abend, wenn Opa kommt.« Ute lachte über das ganze Gesicht. Die letzten Tage und Nächte schien sie gut überstanden zu haben.

»Oma, weißt du was, wir hatten sogar ein Klo auf dem Güterwaggon.«

»So, wie?«, war alles, was die Großmutter erwiderte. Ihr wurde erst allmählich bewusst, was für eine Zeit hinter den beiden lag.

»Da war ein Loch im Boden in der Ecke, davor hatten sie eine Decke gehängt, das war unser Klo.«

Sprachlos schaute die Großmutter ihre Enkelin an. Plötzlich aber war Utes Redefluss versiegt, Gähnen machte sich breit.

»Ich denke, schlafen wäre jetzt das Beste für die kleine Ute.«

Die Großmutter stand auf, um das Bett herzurichten, aber Ute war schneller und rannte zu dem Zimmer, in dem sie immer geschlafen hatte.

»Ute, komm, du musst jetzt in Opas und meinem Zimmer schlafen, in den beiden Zimmern zur Straße hin wohnen jetzt Döings: Christel, Helga, ihre Mutter und ihre Tante Thea.«

»Warum?« Ute guckte verwirrt.

»Die beiden haben ein großes Haus und darin wohnen die englischen Soldaten im Augenblick.«

»Ah, Soldaten.« Ute gab sich ganz wissend und war sichtlich beruhigt. Sie folgte der Großmutter brav ins Schlafzimmer. Eine Couch stand quer vor den Betten der Großeltern. »Schön, dass du daran gedacht hast, wo ich schlafe.«

»Ich habe dein Bett die ganze Zeit fertig gehabt. Ich wusste ja: ihr kommt hierher.«

Dabei zog sie mit einem Ruck die Überdecke ab und zum Vorschein kam das frisch bezogene Bett. »Hier ist auch ein Nachthemd von dir. Hoffentlich passt es noch. Du bist ganz schön gewachsen. Vorher aber noch schnell ins Bad!«

Ute merkte, dass sich das Badezimmer auch sehr verändert

hatte. Ein Kleiderschrank teilte das Zimmer in zwei Teile, im vorderen standen die Wanne mit den Löwenfüßen, im hinteren ein Bett und der alte Geschirrschrank.

»Hier hast du eine ruhige Ecke zum Schlafen«, sagte die Großmutter zu ihrer Tochter, die gerade versuchte, Ute mit kaltem Wasser zumindest ein bisschen sauber zu bekommen. Für das warme Wasser musste man den großen Kupferkessel heizen. Das würde zu lange dauern.

Endlich lag Ute auf ihrer Couch im Schlafzimmer der Großeltern. »Oma, ich finde es gar nicht so schlimm mit den Leuten in deinen Zimmern. Die Soldaten müssen doch auch irgendwo wohnen.«

»Ja, Kind, jetzt schlaf aber und träum schön.«

»Du kleine Langschläferin.« Ute hörte Großvaters Stimme über ihrer Couch. Sie streckte ihm die Arme entgegen. »Opa, Opa, da bist du ja!«

Es folgte die herzlichste Begrüßung seit Utes Ankunft, denn Großvater und Enkelin hatten sich schon immer sehr gut verstanden. Während die Großmutter auch schon mal streng sein konnte, hatte der Großvater Ute noch nie einen Wusch abschlagen können, es sei denn, er war nicht in der Lage gewesen, ihn zu erfüllen. Das Frühstück in der Küche versprach das schönste zu werden, das Ute sich vorstellen konnte, allein schon wegen dieser wunderbar duftenden Brotschnitten mit der herrlichen Wurst darauf. Ute biss nur ganz kleine Stückchen davon ab, um möglichst lange etwas davon zu haben – dazu trank sie eine Tasse frische Milch.

»Gestern gab's Magermilch – einen Viertelliter pro Person. Wie gut, dass ich sie noch nicht aufgebraucht habe«, sagte die Großmutter und wandte sich zu ihrer Tochter. »Ihr müsst möglichst rasch Lebensmittelkarten beantragen.«

Während Ute glücklich und zufrieden ihr Frühstück genoss, sahen die Erwachsenen recht bedrückt aus. Ute konnte sich schon denken, warum, sie machten sich Sorgen um Papa, der in russischer Kriegsgefangenschaft war. Sie war ganz sicher, er würde bald kommen und Schokolade und Kaugummi mitbringen wie der Vater von Inge, die in Erlangen im Nachbarhaus gewohnt hatte.

Ute stand auf und schaute sich ein wenig in der Wohnung um. Ein Jahr waren sie und Mama fort gewesen – es hatte sich einiges seitdem verändert. Gestern war sie so müde gewesen – sie hatte gar nicht mehr viel wahrgenommen. Was waren das für komische Fensterscheiben? Die Küche war früher viel heller gewesen.

»Ja, guck dir nur unsere Fensterscheiben an, das ist Glaspappe. Bis zum Winter gibt's hoffentlich neue Scheiben, es zieht nämlich ganz schön.«

Ute fragte gar nicht, warum die Fensterscheiben denn kaputt gegangen seien. Sie wusste, es war Krieg gewesen, der war erst vor drei Monaten zu Ende gegangen. Sie hatte gehört und ein wenig auch gesehen, was die Bomben in anderen Städten angerichtet hatten. Auch die Gedanken der anderen kreisten um dieses Thema. Ute hörte Großmutter sagen: »Wir haben in Wetter Glück gehabt. Die Stadt ist im Krieg nicht zerstört worden. Lediglich beim Einmarsch der Alliierten gab es einige Einschusslöcher in den Hauswänden oder zerborstene Fensterscheiben.«

»Da bin ich aber froh«, strahlte Ute, »dann möchte ich heute gleich mal durch die Stadt gehen.«

Es klingelte. Ute und Großmutter gingen gleichzeitig zur Tür. Großmutter öffnete: Vor der Tür stand ein kleines Mädchen mit hellbraunen kurzen Zöpfen, an deren Ende weiße Taftschleifen gebunden waren.

»Ach, die Helga«, ließ sich Großmutter vernehmen, »siehst du, jetzt ist Ute endlich da!« Zu Ute gewandt, die sprachlos dabeistand: »Du kennst doch noch die Helga. Sie ist so oft vorbeigekommen und hat nach dir gefragt.«

Allmählich verwandelte sich Utes erstauntes Gesicht in ein Grinsen: »Helga!«

Mehr kam aber nicht heraus. Sie hatten, bevor Ute in die Tschechoslowakei gefahren war, oft miteinander gespielt. Helga wohnte während des Kriegs bei ihren Großeltern, den von Saalfelds, im übernächsten Haus an der Wittener Straße. Ute

konnte sich noch daran erinnern, wie Helgas Großeltern ihre Mutter angesprochen hatten, als sie mit Ute an der Hand spazieren gegangen war, was für ein nettes Mädchen sie sei und ob sie nicht mal mit ihrer Enkelin spielen wolle. Ute hatte dabei eine Fratze geschnitten, und Helga, an der Hand ihres Großvaters, hatte prustend gelacht. Die beiden hatten in der Folgezeit ein paar Mal im wunderschönen Garten der Villa gespielt, in der die von Saalfelds wohnten.
Aus der Küche tönte die Stimme der Mutter: »Wer ist denn da?«
Ute und Helga erschienen fast gleichzeitig im Kücheneingang.
»Ach, wie schön, die Helga!«
Es folgten viele Fragen zur Familie Utes Mutter interessierte sich sehr für Helgas Familie. Ute wusste nicht so viel, hatte aber das Gefühl, dass Helgas Großeltern etwas ganz Besonderes waren. Irgendwann wollte sie auch einmal nachfragen. Ihre Mutter bekam von Helga auch nichts Neues zu hören, denn das kleine Mädchen war viel zu ungeduldig und hatte überhaupt keine Lust, einer neugierigen Erwachsenen viel zu erzählen.
»Frau Gehring, darf Ute mit zu uns in den Garten kommen? Omi und Opi sind auch dort.«
»Ja, gern, dann zieht mal los!« Utes Mutter war froh, sich mit ihren Eltern ohne Rücksicht auf die Ohren einer Sechsjährigen unterhalten zu können.

Jeder Tag, der jetzt folgte, brachte für Ute Neues. Ihr kam es vor, als wäre sie viel länger als ein Jahr fort gewesen. Jubelnd begrüßte sie ihr Spielzeug, das sie bis auf die Puppe Dorle und ein Bilderbuch nicht mit auf die Reise hatte nehmen können. Die Puppe war in Pisek geblieben. Mama hatte sie zu einem Puppendoktor gebracht, denn der Zelluloidkopf hatte einen Riss. Als Ute und ihre Mutter aus Pisek flüchteten, war keine Zeit mehr, die Puppe vom Doktor zu holen, ebenso mussten die Filzstiefel, die Mama und sie bei Schuster Mochichihn bestellt hatten, zurückbleiben. »Schuster Mochichihn« hatten ihn die beiden genannt, in dessen Laden man Schuhe reparieren, aber auch anfertigen lassen konnte. Wie der Schuster wirklich hieß, wusste Ute nicht. Der Spitzname »Mochichihn« bedeutete so viel wie »Mach ich Ihnen.« Sie hatten den Ausdruck oft von ihm gehört, da er die Reparaturen nie pünktlich ausführte und die beiden dreimal vorbeischauen mussten, bis die Schuhe neu besohlt waren. In dem kleinen Schaufenster standen herrliche Stiefel aus rotem Leder oder weißem Filz mit Lederverzierungen. Diese Auslagen hatten Wirkung gezeigt. Utes Mutter hatte für sich und ihre Tochter rotweiße Filzstiefel bestellt.

Nicht allzu lange dachte Ute an ihre verlorene Puppe und die schönen Stiefel, die sie nun nie bekommen würde. Der Anblick ihrer alten Puppen, die aufgereiht in Omas Flurschrank saßen, war überwältigend. Eine nach der anderen nahm sie heraus, drückte sie und guckte sie genau an. Der Puppenjunge trug ein neues kariertes Hemd, Thusneldas Kopf wackelte nicht mehr und Agatha hatte ein wunderschönes, bunt geblümtes Kleid an. Auch der kleine Teddy war herausgeputzt. Er trug eine grüne gestrickte Hose und ein grünes Hütchen mit einer kleinen weißen Feder.

»Dein Teddy ist jetzt ein Bayer«, bemerkte Mama, die ebenfalls staunend vor dem Schrank gestanden hatte. Oma kam gerade aus ihrem Schlafzimmer zurück und tat so, als liefe ein Bär vor ihr her. Sie hielt ihn an beiden Pfoten, dabei schob sie den Körper des Bären vor sich her.

»Plüschi!«, jubelte Ute und drückte das Stofftier eng an sich.

»Weißt du noch, als Paul den Teddybären aus Paris mitgebracht hat?« Omas Stimme klang wehmütig.

»Und die schönen Kleider für Ute«, ergänzte ihre Tochter.

Die beiden wechselten nur ganz kurz ernste Blicke miteinander, dann klang Großmutters Stimme wieder fröhlicher: »Ute, guck mal oben auf meinen Kleiderschrank, was da steht!«

»Mein Kaufladen, mein Kaufladen, hol ihn mir herunter!«

Großvater kam hinzu. Er war so groß, dass er den Laden ohne Mühe vom Kleiderschrank greifen konnte.

»Adele, da hast du aber lange nicht Staub gewischt.« Augenzwinkernd schaute er zu Großmutter herüber.

Ute hörte gar nicht, was die Großen sagten. Ihr Kaufladen war noch da. Ihre Augen umfingen ihr Lieblingsspielzeug, mit

dem schon ihre Mutter gespielt hatte. Sie nahm eine der blauen Schubladen heraus, und da sie leer war, überprüfte sie alle anderen.
»Oma, da ist ja gar nichts mehr drin.« Utes Miene verfinsterte sich ein wenig.
»Da wird sich doch etwas finden.« Großmutter ging zum Flurschrank, sie hatte wohl schon eine Idee.
»Ich glaube, aus den Erbsen, Bohnen und Linsen, die in den Schubladen waren, hat Oma eine Suppe gekocht.« Großvater sagte das in einer Art, dass man sich nicht sicher war, ob es ein Scherz war oder Ernst.
Mit einem Arm voller Stoffreste kam Oma zurück. »Ute, komm, wir basteln etwas für den Kaufladen.«
Sie räumte den Küchentisch leer, holte die große Schneiderschere und schnitt von den bunten Stoffresten längere Streifen ab. Dann schnitt sie kleine Pappstückchen zurecht, auf die sie dann die Stoffstreifen wickelte. Diese kleinen Stoffballen durfte Ute in die offenen Regale des Kaufladens räumen. Für die Schubladen konnte sie aus Omas großer Knopfdose viele kleine Knöpfe heraussuchen, die sie dann auf Omas Geheiß noch nach Farben sortierte. Als das Werk fertig war, freute sich Ute: »Das ist jetzt mein neues Stoffgeschäft.«
Mutter und Großmutter richteten für Ute in der Küche zwischen zwei Schränken eine Spielecke ein. Die Küche war übervoll mit Möbeln, da neben Großmutters ursprünglicher Einrichtung noch Mamas hinzugekommen war. Utes Eltern hatten, bevor der Krieg begann, in Erlangen gewohnt. Als Papa dann in den Krieg musste, war Mama mit Ute zu den Großeltern nach Wetter gezogen. Die großelterliche Wohnung war recht geräumig, man hätte bequem zusammen wohnen können. Aber nach der Einquartierung der Familie Döing hatten sie zwei große Zimmer räumen müssen. Was nicht mehr in die Zimmer passte, stand nun in der Diele, die durch eine Wand von Möbeln geteilt war. Der einzige Raum, der nicht von den Veränderungen betroffen war, die die Kriegs- und Nachkriegszeit mit sich gebracht hatten, war Großmutters Esszimmer mit den schweren dunklen Eichenmöbeln. Kam Besuch, saß man

in diesem Zimmer, und wenn die Tür geschlossen war, schien die Welt unverändert. Es war auch Großvaters Refugium. Seine Zigarre rauchend saß er im Erker am Rauchtischchen, las oder schaute auf die Straße. Aber er schien irgendwie verändert. Früher hatte er ständig lustige Sachen mit Ute gemacht oder mit ihr gesungen. Jetzt war er häufig still und zog sich immer öfter zurück.

Am nächsten Tag um die Mittagszeit klingelte es. Oma war gerade dabei, einen Kohlkopf in kleine Streifen zu schneiden. »Ute, schau mal, wer da ist.«

Ute rannte in den Flur und öffnete die Korridortür einen Spalt. Die Kette verhinderte ein breiteres Öffnen.

»Hallo Ute«, tönte es von draußen.

»Tante Grete!«, rief Ute laut durch den Flur und versuchte vergeblich, die Kette zu lösen. Mutter und Großmutter kamen aber schon aus den Zimmern und es gab eine herzliche Begrüßung.

»Na, fahren wieder Züge zwischen Witten und Hagen?«, wollte Großmutter wissen.

»Wenn ich auf einen Zug gewartet hätte, stände ich immer noch in Witten am Bahnhof. Bin auf Schusters Rappen gekommen.«

Ute kannte die Bedeutung von »Schusters Rappen« und stellte sich gerade vor, wie die Tante abends den ganzen Weg zurückgehen müsste.

In Pisek hatten sie die Nachricht erhalten, dass die Wohnungen der Wittener Verwandten bei einem Bombenangriff getroffen worden waren. Oma und Opa, Tante Grete, Tante Herta und Utes Vettern Günther und Hans-Werner wohnten seitdem alle zusammen in einer kleinen Wohnung in Witten-Heven. Im Augenblick waren aber alle Wohnungsprobleme vergessen. Man saß um den Küchentisch herum und erzählte und erzählte. Was die Erwachsenen erwähnten, fand Ute zum Teil langweilig. Sie wollte ihre eigenen Geschichten beisteuern, kam aber nicht zu Wort. Still schlich sie sich aus der Küche und klopfte bei Döings an. Christel öffnete rasch die Tür und lächelte Ute an. Die Störung kam ihr sehr gelegen. Denn nun musste sie nicht mehr abtrocknen, sondern durfte mit Ute spielen. Sie

holte gleich eine große Pappschachtel vom Schrank, in der sie ihre Anziehpuppen aufbewahrte. Ute bewunderte jede Puppe und jedes Kleid. Solche Herrlichkeiten hatte sie noch nie gesehen. Christels große Schwester Helga beugte sich über die beiden: »Das sind noch Anziehpuppen aus der Vorkriegszeit, mit denen habe ich früher gespielt.«
Ganz vorsichtig fasste Ute Puppen und Kleider an. So etwas gab es bestimmt nicht mehr zu kaufen Für das Spiel gab Christel die Anweisungen, sie räumte den großen Esstisch leer, und aus aufgeklappten Bilderbüchern entstanden Zimmer für die Papierwesen. Jeder bekam vier Puppen und einen Packen Kleider für die verschiedensten Anlässe: für den Schulbesuch, große Feste, ja sogar für einen Besuch in der Badeanstalt, Ute fand immer etwas Passendes. Omas Ruf: »Ute, komm mit zum Einkaufen«, setzte dem Spiel ein Ende, denn mit Oma in die Stadt zu gehen, war zu verlockend. An der Hand der Großmutter ging es zu »Egens Lebensmittelladen«.
Als Ute den Laden betrat, schnupperte sie ein wenig. Der Geruch war unverändert, eine Mischung aus Süßem und Saurem, Gemüse, Mehl und vielen anderen Lebensmitteln. Ute wurde von Frau Egen extra begrüßt und bekam ein Bonbon, das sie gleich in den Mund steckte und genüsslich lutschte. Während ihre Großmutter in aller Ausführlichkeit mit der Ladenbesitzerin und zwei weiteren Frauen über die Rückkehr ihrer Tochter und Enkelin berichtete, schaute sich Ute im Geschäft um. Da war immer noch das Blechschild mit dem kleinen Mädchen darauf, das einen Zwieback in der Hand hielt. Ute schloss die Augen und ließ ihre Finger über das geprägte Bild und die Schriftzüge gleiten. Ein Blechschild daneben zeigte einen Korb mit Äpfeln, Birnen und Weintrauben. Darunter stand »Esst mehr Früchte, und ihr bleibt gesund«.
Großmutter hatte es ihr einmal vorgelesen. Endlich waren die Einkäufe hier erledigt. Sie gingen noch beim Milchmann vorbei, und da hieß es: heute nur Milch für Babys und Kleinkinder.

2.

Kurz bevor sie ins Haus gehen wollten, erblickte Ute auf der anderen Straßenseite ihre Freundin Lena an der Hand ihrer alten Haushälterin Fräulein Engels.
»Lena!«, schallte es über die Straße.
»Ute!«, tönte es fast gleichzeitig von drüben. Großmutter blieb nichts anderes übrig, als mit Ute die Straße zu überqueren. Vor Utes Reise hatten die Mädchen oft zusammen gespielt. Lenas Mutter war bei der Geburt ihrer Tochter gestorben und Fräulein Engels war Lenas Gouvernante, wie Oma sie bezeichnete. Sie war eine »Wettersche« und kannte Großmutter gut. Dadurch war der Kontakt der Kinder zustande gekommen. Für den Nachmittag wurde gleich eine Verabredung getroffen, und so lieferte Großmutter Ute Punkt drei bei ihrer Freundin Lena ab. Fräulein Engels hatte sie gebeten, am Hintereingang zu läuten. Der Vordereingang wurde von zwei anderen Familien benutzt, denn auch Familie Renninghaus hatte Einquartierung. Ute erkannte die Klingel wieder, mit der Lena und sie vor mehr als einem Jahr Fräulein Engels geärgert hatten. Man zog an einem Griff einen Stab aus der Wand und im Innern ertönte eine Glocke. Sie hatten diesen Stab wie eine Luftpumpe benutzt und so ein Sturmläuten erzeugt. Bevor Ute diese einzigartige Klingel betätigen konnte, öffnete Lena die Tür. Sie hatte vom kleinen Flurfenster aus die Ankömmlinge entdeckt. Bevor Fräulein Engels die Tür erreichte, stürmten Lena und Ute schon davon. Der Renninghaussche Garten war ja auch so wunderbar. Zunächst wurde am Brunnen gespielt. Er war wie eine Grotte angelegt. Die Fontäne lag nicht im Mittelpunkt des Brunnens, sondern an der hinteren Seite, so konnten die beiden die Düsen erreichen und den Strahl in eine andere Richtung schicken.
»Macht euch nicht nass«, rief Fräulein Engels vom Haus her.
»Wir passen schon auf«, tönte es zurück. Lachend guckten

sich die beiden an. Sie hatten schon eine ganze Portion Wasser abbekommen, aber es machte ihnen nichts aus, die Sonne schien und würde die leichten Baumwollkleidchen der beiden schnell wieder trocknen. Als sie genug von der Planscherei hatten, ging es die Treppenstufen hoch zum mittleren Teil des Gartens. Ute lief auf das kleine Karussell zu, an das sie sich noch gut erinnern konnte.
»Komm, Lena!« Utes Stimme jauchzte vor Begeisterung.
»Och, das olle Karussell«, grummelte Lena.
»Einmal«, bettelte Ute.
Die Freundin ließ sich überreden. Das Karussell hatte vier Sitze. Lena setzte sich Ute gegenüber und gemeinsam bewegten sie das Rad in der Mitte, sodass das Fahrzeug in Schwung kam. Nach einigen Minuten verlor Lena den Spaß an ihrem Karussell. »Komm Ute, ich will dir meinen eigenen Garten zeigen.«
Sie liefen bis an die oberste Ecke des Grundstücks. Ein paar abgebrochene Ziegelsteine umrandeten ein kleines Beet, auf dem Blumen und Gemüse in bunter Eintracht wucherten. Ute bewunderte gleich die Sonnenblume, und Lena erzählte stolz: »Ich habe nur ein paar ganz kleine Kerne in die Erde gedrückt und dann ist so eine große Blume draus geworden, fast so groß wie ich.«
Obwohl für eine Sonnenblume ein recht mäßiges Exemplar, hielten die beiden die Blume für einmalig. Dann wurden noch Möhren geerntet, die Erdklumpen nur grob abgeputzt. Genießerisch knabberten die beiden die kleinen, dünnen Möhren. Ziemlich verschmutzt landeten sie schließlich im Haus, wo Fräulein Engels sie erst am großen Küchentisch mit Saft und Margarinebrot bewirtete, nachdem sie sich gründlich die Hände gewaschen hatten. Ute hatte schon früher gesehen, wie Lena Fräulein Engels auf dem Kopf herumtanzte. Heute aber war sie gut gelaunt und folgte willig. Sie mochte sie ja eigentlich sehr, genauso wie die alte Dame an Lena hing. Ute war auch überzeugt, Fräulein Engels würde Lenas Vater nicht erzählen, wenn seine Tochter ungehorsam war oder ihr Streiche spielte.
Nun saßen sie also in der Küche, die Ute gar nicht so vorkam. Tisch, Stühle und Schränke waren aus dunklem poliertem Holz.

Lediglich der große Herd erinnerte an eine Küche. Wunderschöne Teller mit bunten Verzierungen hingen an den Wänden. Ute dachte an Omas Küche, in der nicht ein Teller oder Bild an der Wand hing. Während die beiden sich die Margarineschnitten schmecken ließen, auf die Fräulein Engels noch ein bisschen braunen Zucker gestreut hatte, wanderte Utes Blick weiter umher. Sie erkannte in der Ecke den Speiseaufzug wieder, der ihr beim ersten Besuch in Lenas Haus so gefallen hatte. Wenn man nicht wusste, um was es sich handelte, konnte man ihn lediglich für eine Durchreiche zum Esszimmer halten. Das allein war auch für Ute spannend gewesen, sie hatten – Lena war natürlich die Anstifterin – ins Esszimmer geschaut, als Lenas Vater Gäste hatte, die Hände durchgestreckt und »Huhu« gerufen. Das Tollste aber war, dass man per Schalter die Speisen in den ersten Stock schicken konnte.

Über der Küche befand sich das Lieblingszimmer von Lenas Vater. Hier nahm er das Frühstück und manchmal noch ein spätes Abendessen ein. Dieses Zimmer war in Utes Erinnerung eine wahre Wunderwelt. Ausgestopfte Vögel, riesengroße Muscheln, in denen man das Meer rauschen hören konnte, steinerne und metallene Figuren, die so fremdländisch aussahen. Ob das alles noch da war? Ute hatte die letzten Minuten ziemlich gedankenverloren dagesessen. Fräulein Engels, die sie beobachtet hatte, sagte: »Du bist ja lange auf Reisen gewesen, du guckst, als wenn du zum ersten Mal hier im Haus wärst.«

Ute war jetzt hellwach. »Ja, ich würde gerne das schöne Zimmer mit den Vögeln und Steinen wiedersehen. Und dein Spielzimmer, Lena!«

»In Papas Zimmer können wir gehen, aber ein Spielzimmer hab ich nicht mehr. Da wohnt jetzt ein Mann drin. In der zweiten Etage wohnen Körbers und im Erdgeschoss wohnen Pohls.«

»Die von der Metzgerei?«, fragte Ute.

»Ja, vier Personen in zwei Zimmern«, ergänzte Fräulein Engels. »So können wir nicht klagen, wir haben unsere Küche, das schöne Esszimmer, oben Vaters Privatzimmer, in dem er auch schläft, und ein Schlafzimmer für mich und Lena.« Fräulein Engels sah sich als Teil der Familie an. Sie sprach ganz selbstverständlich

von »wir« und »uns«. Trotz dieser nicht so erfreulichen Nachrichten hatte sich Utes Gesicht aufgehellt. Dann waren diese Kostbarkeiten im Krieg nicht verbrannt oder gestohlen worden. Sie würde gleich alles anschauen können. »Seid froh, dass euer Haus in Wetter steht. In Witten sind ganz viele Bomben auf die Häuser gefallen. Meine Großeltern haben alles verloren.«
Fräulein Engels streichelte Ute über das Haar: Sie wusste wohl schon durch Oma, was ihre Wittener Verwandten durchgemacht hatten.
»So, nun dürft ihr das Heiligtum anschauen. Lena, du weißt ja, nichts anfassen!«
Sie gingen die knarzenden Eichenstiegen nach oben. Was hatte sich im Treppenhaus so verändert? Die dunklen Holzwände, das geschnitzte Geländer – es war in Utes Erinnerung so geheimnisvoll gewesen. Jetzt beschien die tief liegende Sonne das Holz, das grau und abgenutzt wirkte. Ute schaute durch das große Flurfenster und sah, wie jemand mit einer Leiter durch den Garten ging. Jetzt kannte sie den Grund: das Fenster! Früher konnte man doch nicht herausschauen. Sie sah plötzlich das große bunte Glasfenster mit Blumen und Ornamenten vor sich und wusste gleich, das hatte der Krieg gemacht. Sie fragte nicht danach, auch nicht, warum sie statt des kaputten Fensters echte Glasscheiben hatten und kein Glaspapier. Nach dieser Enttäuschung wurde sie aber umso mehr belohnt, als sie das Zimmer von Lenas Vater betraten. Was Ute nun sah, übertraf die Bilder, die sie von diesem Zimmer im Kopf hatte, bei Weitem. Was ein Museum war, wusste Ute nur vage. Sie fand, das Zimmer war ein riesengroßer Kaufladen mit schönen, seltsamen Dingen aus aller Welt. Die ausgestopften Vögel, die Ute in Erinnerung hatte, waren eigentlich gar nicht so interessant wie die anderen Dinge: kleine sitzende Figuren mit dicken Bäuchen, schimmernde Steine, bemalte Fächer, große und kleine Vasen mit Blumen- oder Landschaftsmotiven, alles lag oder stand in Regalen, die die zwei gegenüberliegenden Wände einnahmen. Vor dem Fenster stand eine dunkle Holzkommode mit geschnitzten Türen und Schubladen. Lena machte eine Handbewegung durch den Raum »Die meisten Sachen sind aus China«, sagte sie stolz, »mein Papa war schon einmal dort.«

Gerne hätte Ute die chinesischen Kostbarkeiten noch länger betrachtet, aber Lena zog sie zu einem Kästchen, in dem Stapel von kleinen Bildern lagen, die Lena und Ute jetzt eingehend betrachteten. Sie zeigten fremde Länder und Menschen in leuchtenden Farben. Die beiden kleinen Mädchen konnten zwar nicht lesen, um welches Land es sich handelte, waren aber fasziniert von den fremdländischen Anblicken auf den Kärtchen. Fräulein Engels Stimme holte sie in die Wirklichkeit zurück.
»Ute, deine Mama ist da und will dich abholen.«

3.

Utes Mutter hatte Neuigkeiten zu erzählen. Herr Peters war aus dem Krieg heimgekehrt. Sie hatte Frau Peters aufgesucht und die vollständige Familie angetroffen. Ute kannte alle sehr gut. Mama und sie waren mit Frau Peters, Lutz und Ulla nach Pisek gefahren. Dort waren Papa und Herr Peters im Genesungslager. Ute entsann sich noch genau an den Abend, als sie losgefahren waren. Die Straßenbahn hatte sie bis kurz vor die Hagener Eisenbahnbrücke gebracht. Warum waren sie nicht bis zum Hautbahnhof gefahren? Sie mussten mit den schweren Koffern bis zum Bahnhof zu Fuß gehen.

Es war Vollmond in dieser Nacht und Ute hatte vom Abteilfenster aus gestaunt: »Guck mal, Mama, der Mond fährt mit uns.«

Außerdem erinnerte sie sich, dass sie im Gepäcknetz geschlafen hatte. – Nun war also Herr Peters aus dem Krieg heimgekehrt, und ihr Papa würde bestimmt auch bald kommen. »Morgen Nachmittag gehen wir zu Peters.« Mamas Stimme klang ein bisschen munterer als in der zurückliegenden Zeit, in der Ute das Gefühl gehabt hatte, dass sie mit ihren Gedanken nicht in der Wirklichkeit war. »Du kannst mitkommen und mit Lutz und Ulla spielen, wir Erwachsenen müssen etwas besprechen.«

Mama wollte Ute nichts weiter verraten, es musste sich wohl um etwas sehr Wichtiges handeln.

In den nächsten Wochen wurde Ute klar, was ihre Mutter und Peters planten. Sie wollten gemeinsam etwas herstellen, das dann in Kunstgewerbehäusern verkauft werden sollte. Die Hauptarbeit lag bei ihrer Mutter, die Kunst studiert hatte. Sie würde Blumenaquarelle malen, die Herr Peters rahmen und vertreiben sollte. Einige dieser zarten Bilder hatten bei den Betrachtern großen Anklang gefunden. Frau Peters konnte noch Lesezeichen hinzusteuern, die sie mit gepressten Blumen gestaltete. Außerdem fabrizierten Peters geflochtene Taschen aus Papierbindfäden. Damit diese Taschen bei Regenwetter nicht auseinanderfielen, wurden sie mit farblosem Lack überzogen. Die Geschäfte liefen in der Folgezeit wohl recht gut, denn Ute erkannte häufig auf der Straße die Petersschen Einkaufstaschen. Noch besser verkauften sich die Blumenbilder ihrer Mutter. Die Leute kauften meistens nicht nur ein Bild, sondern gleich eine ganze Reihe.

Wochen vergingen. Utes Leben hatte einen gewissen Rhythmus bekommen. Großvater ging jeden Morgen in seine Werkstatt an der Wittener Straße. Ute durfte ihn hier manchmal besuchen und hatte Spaß daran, wenn Großvater aus dem schwarzen Metall silbern glänzende Werkzeugmodelle schuf.

Mit Großmutter ging Ute fast jeden Tag zum Einkaufen. Da sie es war, die das Essen für die Familie zubereitete, musste sie auch die Lebensmittel organisieren. Dass das Einkaufen nach dem Krieg nicht so einfach war, wusste Ute aus Erlangen. Sie hatte mit Mama ein paar Mal in einer langen Schlange gestanden, weil es in dem Geschäft Brot, Milch oder Eier geben sollte. Oftmals waren sie wieder mit leeren Händen zurückgegangen, weil es nichts mehr gab. In Wetter war das Einkaufen mit Oma dagegen leichter und ganz angenehm für Ute. Sie kannte die Ladenbesitzer alle sehr gut und bekam oft etwas zugesteckt: ein Bonbon bei Egens, einen Keks in der Bäckerei oder ein Scheibchen Wurst in der Metzgerei. Langweilig fand es Ute, wenn Oma eine Bekannte traf und sich mit ihr ewig lange auf der Straße unterhielt. Manchmal wurde sie ungeduldig und wollte Großmutter fortziehen.

Mama saß sehr häufig im Esszimmer an dem großen Tisch und malte. Der Tisch war mit einem alten Betttuch abgedeckt, das von Mal zu Mal mit mehr Klecksen übersät war. Alle angeschlagenen Tassen wurden als Pinselhalterung oder Wassergefäß benutzt. Fertige und halb fertige Bilder bedeckten den Boden. Jetzt war auch Großmutters Esszimmer nicht mehr von den Veränderungen ausgeschlossen. »Aber sonntags«, hatte sie bemerkt, »muss der Tisch frei sein, wir wollen doch an diesem Tag im Esszimmer speisen.«

Großmutter sagte nicht essen, sondern speisen, sie deckte den

Tisch mit einer weißen Damastdecke, das Silberbesteck glänzte, und in der Mitte des Tisches stand die mit Wasser gefüllte Kristallkaraffe, die sonst auf dem breiten dunklen Vertiko ihren Platz hatte. Ins Esszimmer zog so jeden Sonntagmittag die Vergangenheit ein, die gute alte Zeit, wie Großmutter sie oft nannte. Ute hatte diesen Ausdruck auch von anderen gehört und sich ihr eigenes Bild von dieser Zeit gemacht. Es musste eine Zeit gewesen sein, in der man alles kaufen konnte, was man wollte – Puppen mit Schlafaugen, Bonbons und Fleischwurst, so viel man essen mochte. Die gute alte Zeit musste vor dem Krieg gewesen sein, aber jetzt war kein Krieg mehr. Ob die Erwachsenen wohl darauf warteten, dass sie wiederkehrte? Im Krieg hatte Ute sich immer eine Puppe mit Schlafaugen gewünscht, und Mama hatte sie stets mit den Worten »Wenn Frieden ist« vertröstet. So ganz stimmte das also nicht, dass es nur mit dem Frieden zusammenhing, was man kaufen konnte.

Abgesehen von der Tatsache, dass ihre Puppen ihre Augen nicht schlossen, wenn sie sie in das Puppenbett legte, war sie recht zufrieden mit ihren Spielsachen. Als der Dachboden neulich geräumt werden musste, hatten sich noch ein weißes Schränkchen mit Glasfenstern und ein Metallbett gefunden, bei dem man die Seiten herunterklappen konnte, Spielzeug von ihrer Mutter. Ute fuhr bewundernd mit den Fingern über die Schranktüren mit den Zierleisten. Die Spielecke in der Küche war allmählich ausgefüllt, einen Dachboden gab es jetzt nicht mehr. Ein paar Arbeiter aus der Oberhoffschen Fabrik waren damit beschäftigt, die Bodenräume mit Hilfe von Holzplatten in Zimmer zu verwandeln. Dort sollten demnächst Flüchtlinge wohnen.

4.

In den letzten Wochen war sie häufig mit ihrer Großmutter durch Wetter gegangen. Unterwegs war Oma wie sooft stehen geblieben und hatte mit Bekannten geredet. Ute verstand vieles nicht von dem, was die Erwachsenen sprachen. Sie hörte oft die Ausdrücke »vermisst« oder »gefallen.« Sie ahnte, dass das etwas sehr Schlimmes war. Von ihrem Vater war gerade wieder eine Postkarte aus Russland gekommen, daher zweifelte Ute nicht einen Augenblick, dass ihr Papa bald nach Hause käme. Die Unterhaltung mit Bekannten auf der Straße war die einzige Zeit, in der Großmutter ein bisschen Pause machte. Sie ging zum Beispiel nicht einfach spazieren. Sie hatte stets ein Ziel, wie ihren Garten an der Kaiserstraße. Das Schönste an diesem Garten war ein hoher Birnbaum mit einer Bank darunter. Von den leckeren Birnen hatte Ute noch einige essen können, als sie aus Pisek zurückgekommen war. Der Rest stand geschält und halbiert in Einweckgläsern im Keller. Obst und Gemüse waren jetzt im Herbst abgeerntet, aber an den Beeträndern blühte es noch in allen Farben. Mit Oma zusammen pflückte Ute einen bunten Herbstblumenstrauß.

Sie hatte sich in der letzten Zeit immer mehr mit Christel Döing angefreundet. Christel war neun und ihre Schwester Helga wollte sich mit ihren fünfzehn Jahren nicht ständig mit ihr beschäftigen. Zum Spielen fühlte sie sich zu erwachsen. Sie und ihre Mutter Thea hatten Wollreste gesammelt und strickten nun Socken, Schals, Handschuhe und andere nützliche Teile, die sie selbst brauchten oder auch gegen Lebensmittel eintauschten. Sie gaben Großvater Stricksachen mit, wenn er auf Hamstertour fuhr, und Großvater brachte ihnen dann Eier, Speck oder andere Köstlichkeiten mit. Großmutter bemerkte einmal, sie hätte gehört, dass es für Strickwaren bei den Bauern kaum etwas gebe, aber Großvater erwiderte, das sei in Niederorke nicht so. Wie Ute ihren Großvater kannte, mogelte er ein bisschen. Die Döings taten ihm wahrscheinlich leid. Sie hatten ihr Haus verlassen müssen und Mann und Sohn von Frau Döing waren vermisst. Auf Hamstertour gehen war nicht einfach. Wohin sollte man gehen? Die Bauern erlebten in diesen Tagen großen Ansturm. Mancher brachte am Ende seiner Tour die Dinge wieder zurück, die er am Morgen voller Vorfreude auf ein günstiges Tauschgeschäft in seinen Rucksack gepackt hatte. Großvater hatte das große Glück, dass er in Niederorke im Waldeckschen eine Jagd gehabt hatte. Mit einer Familie war er gut befreundet, das waren die Krümelbeins. Alfons Krümelbein, das Familienoberhaupt, war Bürgermeister des Örtchens, hatte eine Gastwirtschaft mit Fremdenzimmern, die Post, einen Kramladen und natürlich war er Landwirt.

Großvater hatte aber auch Tauschgut, das die Leute gut gebrauchen konnten, vor allem seine »Kombizangen« waren sehr gefragt. Davon hatte Großvater in seinem Lager noch eine ganze Menge. Mit solchen Dingen konnten die Döings nicht dienen.

Da Utes Mutter fast den ganzen Tag malte – der Fußboden im Esszimmer war oft mit Bildern übersät –, Utes Großmutter putzen, waschen, kochen und Besorgungen machen musste, wobei gerade diese sehr viel Zeit in Anspruch nahmen, fühlte sich Ute bei Döings immer wohler.

Mit Lena hatte sie in der letzten Zeit nicht gespielt. Als Ute mit Oma zum Einkaufen war, hatte sie Lena an der Hand einer fremden Frau getroffen. Die Freude, die Großmutter und Ute bei der Begegnung empfanden, wurde durch das seltsame Verhalten dieser Frau getrübt. Sie erwiderte den Gruß mit einem säuerlichen Lächeln und zerrte Lena weiter, dass Ute vor Erstaunen stumm blieb. Als sich die beiden ein bisschen entfernt hatten, kam es aus Ute heraus: »Wer war denn das?«

»Das ist die neue Haushälterin der Familie Renninghaus.«

Oma war informiert. Auf der Wittener Straße blieb nichts geheim.

»Aber warum ist die denn so unfreundlich zu uns?«, wollte Ute wissen.

»Die sieht sich schon als neue Frau Renninghaus und denkt, sie sei etwas Besseres.«

»Aber warum hat Lena denn nichts gesagt, sie war so komisch?« Großmutter erklärte Ute, wie schwer es Lena hätte, so ohne Mutter und schon die dritte oder vierte Haushälterin, an die sie sich gewöhnen müsste. Anstatt jetzt Verständnis für ihre Freundin aufzubringen, sagte Ute nur: »Und ich wachse ohne Vater auf.«

Großmutter hatte wohl gemerkt, dass sie jetzt in Utes kleinen Kopf nicht eindringen konnte, und so lenkte sie ihre Enkelin ab. »Ich habe noch Zuckermarken, die reichen für ein paar Bonbons.«

»Himbeerbonbons?« Ute war prompt darauf angesprungen.

Auch Helga konnte Ute nicht besuchen. Sie war zu ihren Eltern und Geschwistern gefahren. Und Christine? Sehnsüchtig hatte Ute, wenn sie mit Großmutter in die Stadt ging, hinauf zur Oberhoffschen Villa geschaut. Alle sagten »Oberhoffs Villa«, aber für Ute war sie mit ihren Türmchen, Erkern, den unzähligen Fenstern und dem leuchtend hellgrünen Kupferdach ein Schloss: Einmal war Ute erst im Innern gewesen. Sie hatte Christine, bevor sie in die Tschechei fuhr, ein paar Mal mit ihrer Mutter in der Stadt getroffen. Die beiden Mütter waren sich wohl sympathisch, und Frau Oberhoff hatte Ute und ihre Mutter in ihr Haus geladen.

Ute konnte sich an die einzelnen Räume gar nicht erinnern. Da sie sonst ein gutes Erinnerungsvermögen hatte, war es wahrscheinlich so gewesen: Christine hatte sie gleich zu ihrem Puppenhaus hingezogen, das in der großen Halle stand, und dort hatten sie, nur zwischendurch von Christines großem Bruder Claus gestört, die ganze Zeit gespielt. Das Puppenhaus hatte Ute noch ganz deutlich vor Augen. Es war so groß wie ein Kleiderschrank, vorne natürlich offen, stand auf vier Beinen, hatte zwei Stockwerke, einen Dachboden und sogar ein Treppenhaus.

Zu ihrem großen Kummer hatte Ute vor einiger Zeit erfahren, dass Oberhoffs gar nicht mehr in der Villa wohnten. Die Engländer hatten sich ihr »Schloss« als Unterkunft und Kantine ausgesucht. Die vorläufige Bleibe der Oberhoffs war Haus

Hove in Oberwengern. Dort wohnte Christines Tante mit ihrer Familie. Ute wusste, dass Oberwengern nicht weit weg war, sie und Mama waren ja vom Bahnhof Oberwengern zu Fuß zur Großmutter gelaufen.

»Mama, können wir Christine nicht in Oberwengern besuchen?«, fragte Ute, als sie ins Arbeitszimmer der Mutter gepoltert kam.

»Zu den Oberhoffs kann man nicht so hingehen, man muss schon eingeladen werden«, war Mutters Reaktion auf Utes ungestümes Hereinplatzen, »und jetzt habe ich einen Tuscheklecks auf mein Bild gemacht. Du sollst mich doch bei der Arbeit nicht stören.«

»Ich wollte nur …« Traurig schlich Ute aus dem Zimmer, sie fühlte, so bald würde sie Christine nicht wiedersehen.

5.

Die Traurigkeit war schnell vergessen, als Christel herüberkam und fragte, ob Ute mit ihr in die Jungschar gehen wollte. Ute hatte keine Ahnung, was Jungschar bedeutete, und Großmutter wusste nicht, ob sie es erlauben sollte. Frau Döing kam hinzu und erzählte Großmutter, wie schön es ihre Christel in der Jungschar fände und dass auch Sechsjährige schon aufgenommen würden.

»Du kannst heute mit Christel in die Jungschar gehen«, entschied Großmutter, ohne Utes Mutter zu fragen. Christel nahm Ute bei der Hand und sie gingen den Weg an der Kirche vorbei zum Gemeindehaus. Bevor sie an der Turnhalle rechts abbogen, kamen sie an der Brotfabrik Reese vorbei, in deren Umgebung es wunderbar nach frisch gebackenem Brot duftete. Im Gemeindehaus angekommen, ging Christel mit Ute das enge Treppenhaus hinauf in einen kleinen Raum, dessen Tür einladend offen stand. Eine Frau in einem schwarzen Kleid und mit einer weißen Haube, die Christel mit »Guten Tag, Schwester Hildegard« begrüßte, stand im Eingang. »Und wer bist du?«, wandte sie sich an Ute.

»Ute Gehring«, flüsterte Ute kaum vernehmbar. Schwester Hildegard hieß sie fröhlich willkommen. Als sie das Gefühl hatte, alle seien jetzt da, hängte sie die Gitarre um, die auf dem kleinen Tisch gelegen hatte, spielte und sang dazu: »Lobt froh den Herrn ihr jugendlichen Chöre.« Nachdem sie die erste Strophe allein gesungen hatte, stimmten beim zweiten Mal alle mit ein, auch den Text der zweiten und dritten Strophe kannten die meisten. Das Singen, die anderen Mädchen und vor allem Schwester Hildegard – Ute war begeistert. Sie setzte es durch, regelmäßig in die Jungschar gehen zu dürfen, und als beim nächsten Mal wieder »Lobt froh den Herrn« ertönte, konnte Ute schon mitsingen, sie hatte mit Christel geübt. Von nun an freute sie sich immer auf den »Jungschartag«.

Jedes Mal kamen neue Mädchen zu Schwester Hildegard. In ihrem Stübchen war bald nicht mehr genug Platz für alle. Sie machte ein sorgenvolles Gesicht: »Wir müssen in einen größeren Raum gehen, aber dann haben wir ein neues Problem: Das Gemeindehaus wird nur sehr spärlich mit Kohle beliefert. Wenn einige von euch eine Tüte Kohle mitbringen würden, wäre uns geholfen. Die Öfen hier sind Allesbrenner, es ist also egal, welche Art von Kohle ihr mitbringt.«

Beim nächsten Mal gab es niemanden, der nicht von zu Hause Kohle mitbrachte. Die Spenderinnen freuten sich, als es in dem kleinen Saal angenehm warm wurde.

»Das Schöne an diesem Raum ist«, Schwester Hildegard lächelte glücklich, »wir haben hier ein Harmonium.« Die Kinder schauten auf das klavierähnliche Instrument, das an der rechten Seite des Raumes stand. Ehe sie sich versahen, saß Schwester Hildegard hinter ihm und spielte »Lobt froh den Herrn«. Auf dem Nachhauseweg sang Ute das Lied laut vor sich hin. Die Leute, die ihnen begegneten, lächelten sie an, während Christel zur Seite guckte, sich vielleicht mit ihren neun Jahren schon zu erwachsen fühlte, laut auf der Straße zu singen.

6.

Ute saß mit Oma und Opa beim Mittagessen. Mama war mit ein paar von ihren Blumenbildern nach Witten gefahren. Sie hatte gehört, dort habe ein Kunstgewerbegeschäft eröffnet, wollte dem Besitzer ihre Bilder zeigen und fragen, ob er so etwas für sein Geschäft gebrauchen könnte. Oma hatte Schnibbelbohnen gekocht, die Ute sehr gern mochte. Sie füllte ihr eine große Portion auf den Teller. »Die kann ich gut aufwärmen, wenn Mama zurückkommt.«

»Wo ist die Lupe«, fragte Opa.

»Wozu brauchst du jetzt eine Lupe?« Oma war irritiert.

»Damit will ich die Speckstückchen vergrößern.«

Oma konnte sich das Lachen nicht verkneifen, und auch Ute fiel mit ein, als sie die Anspielung verstanden hatte.

Mittenhinein drang der knarzige Klingelton, der von der Drehklingel an der Korridortür herrührte. Ute rannte durch den Flur und öffnete. Vor ihr stand Tante Grete, die sich gleich zu Ute herunterbückte und sie liebevoll umarmte. Oma kam hinzu: »Grete, du warst lange nicht hier. Komm in die Küche, wir essen gerade Schnibbelbohnen. Es sind noch genug da.«

»Mm, gerne.«

Tante Grete ließ sich auf den freien Küchenstuhl fallen.

»Sag, Grete, geht's dir nicht gut?«, fragte Oma. Sie schaute Utes Patentante besorgt an.

»Nein, nein, ich bin nur wieder zu Fuß gekommen und daher ein wenig müde.« Wenn Tante Grete zu Besuch war, kreiste die Unterhaltung meistens um ernste Themen wie Krieg oder Gefangenschaft, und Ute wusste schon, sie würde wieder aus dem Raum geschickt. So verkroch sie sich freiwillig auf die Veranda, die man von der Küche aus erreichte. Sie musste sich durch allerlei Eimer und Kisten schlängeln, um in die Ecke zu einer Bank zu gelangen, vor der ein runder, weißer Metalltisch stand. Oma hatte ihr eine Decke und Kissen für die Bank gegeben. Unter einem Kissen bewahrte sie ihre Bücher auf. Sie besaß genau drei: »Das kleine Prinzesschen«, »Vom Schweinchen, das sich waschen wollte« und »Der Zuckertütenbaum«, ihr Lieblingsbuch. Sie schlug es auf und murmelte beim Anschauen der Bilder den entsprechenden Text vor sich hin. Wer sie so dasitzen sah, meinte, sie könne schon lesen. In Wahrheit hatte Mama ihr die Geschichte so häufig vorgelesen, dass sie alle Strophen auswendig kannte.

Heute gefiel Ute die Geschichte nicht so wie sonst. Von nebenan hatte sie ein paar Gesprächsfetzen aufgeschnappt: »… kann man nicht bekommen«, »nicht so wie früher …« So riesige Zuckertüten, gefüllt bis obenhin – die würde es nie geben, auch wenn der Krieg schon ganz lange vorbei wäre. Wütend klappte Ute ihr Buch zu und rannte damit in die Küche. Tante Grete war ganz besorgt, als sie Utes verzweifelten Gesichtsausdruck sah: »Kind, was hast du?«

»Alles Quatsch, was in dem Buch steht. Keiner bringt Zuckertüten. Es gibt keine Zwerge und es gibt keine Zuckertütenbäume, und kaufen kann man Zuckertüten auch nicht.«

Oma tröstete sie: »Wenn du in die Schule kommst, gibt es vielleicht schon wieder Zuckertüten. Nicht so große wie früher, aber …«

»Du meinst, es könnte sein, dass ich eine kleine Zuckertüte bekomme?« Ute strahlte. »Dann möchte ich, dass mein Schulanfang ganz schnell kommt.«

Oma sagte nichts mehr, sie lächelte und nickte dabei.

Ute war im Juli, als sie noch in Erlangen waren, sechs Jahre alt geworden. Es ging jetzt auf den Winter zu, und da sie seit dem letzten Jahr ein ziemliches Stück gewachsen war – »einen Schuss getan hatte«, wie Mama sagte –, hatte sie nichts Warmes zum Anziehen. Mama und Oma beratschlagten, was man machen könnte.

»Wir haben doch die graue Wolldecke – könnte man daraus keinen Mantel für Ute nähen?«

Omas Vorschlag kam bei Mama nicht so gut an. Ihre hübsche

Tochter in so einem grässlichen grauen Mantel. Sie schüttelte den Kopf. »Aber Lotte, du weißt nicht, was ich im Seifenhaus bekommen habe.«
Oma holte aus der Küchentischschublade ein Päckchen hervor.
»Was ist das?«, wollte Ute wissen, die in ihrer Puppenecke gespielt hatte, aber das Gespräch über ihre Winterkleidung halbwegs mitbekommen hatte.
»Textilfarbe – mittelblau!« Oma hielt das Päckchen triumphierend hoch. »Damit färben wir die mausgraue Decke und haben einen schönen Mantelstoff.«
Mama nahm das Päckchen in die Hand und las die Gebrauchsanweisung. »Das ist ja eine große Packung, damit können wir noch andere Sachen einfärben.« In ihrer Stimme klang eine leichte Begeisterung mit.
Man entschloss sich, die Färbeaktion noch heute zu starten. Der Kessel in der Waschküche wurde mit Wasser gefüllt, der Ofen darunter angeheizt. Ute durfte das blaue Pulver ins Wasser streuen, und Oma rührte mit einem Holzstock um. Als das Wasser warm genug war, legte Mama vorsichtig die Decke hinein, danach folgten noch eine lange Unterhose von Opa und ein dickes Bibernachthemd von Oma. Vom Kellerraum her hörte Ute Geräusche. Sie wusste, das war Opa, der dort herumräumte. Der große Kellerraum zog Ute immer wieder an. »Mein schöner Hörnerschlitten! Ich freu mich schon auf den Winter.«
»Ich auch«, rief Opa aus der Kellerecke. »Dann kann ich dich ja wieder durch den Wald ziehen.«
»Opa, du vergisst, ich bin sechs. In Pisek bin ich auch schon alleine Schlitten gefahren!«
»Jaja, wie die Zeit vergeht. Schon zwei Jahre ist es her, dass wir zusammen im Scheder Wald waren.« Opa klang ein bisschen wehmütig.«
Bevor Ute in die Wohnung zurückging, schaute sie noch einmal in der Waschküche vorbei. Oma säuberte gerade den Kessel. Die Tür zum Hof stand offen: Auf der Leine hing eine blaue Decke und daneben flatterten eine blaue Unterhose und ein Nachthemd im gleichen Ton im Herbstwind. Ute konnte

sich nicht vorstellen, wie hieraus für sie etwas Schönes entstehen könnte.

Am nächsten Tag kopierte Oma aus dem Schnittmusterbogen die einzelnen Teile für einen Kindermantel. Nach dem Ausschneiden entstand ein Papiermantel, den Oma ihrer Enkelin vorsichtig überzog.

»Au, das piekst!« Ute war mit den Stecknadeln, die die einzelnen Teile zusammenhielten, in Berührung gekommen.

»Bin gleich fertig«, murmelte Oma, ein paar Nadeln zwischen den Lippen.

Utes Mutter hatte den Vorgang beobachtet, dabei aber eifrig einen Schlauch aus Wollresten gehäkelt. Nachdem Oma Ute von dem Papier befreit hatte, wollte Mama ihr den bunten Schlauch überziehen. »Streck die Arme hoch, so ist's gut.«

Das bunte, quergestreifte Ding reichte Ute von den Schultern bis zur Taille. Was sollte denn das werden? Ute sah ein bisschen enttäuscht aus.

»Wart's nur ab. Morgen früh ist alles fertig«, sagte Oma.

Und tatsächlich, als ob die Heinzelmännchen in der Nacht da gewesen wären – über dem Stuhl neben Utes Sofa hing ein wunderschöner dunkelblauer Mantel mit einem weißen Kragen und schimmernden Perlmuttknöpfen. Quer davor lag ein Kleid mit blauen langen Ärmeln, einem blauen Rock und einem bunt gestreiften Oberteil. Ute hüpfte aus dem Bett. Mantel und Kleid passten wie angegossen. Sie rannte in dem neuen Kleid im Flur herum. Christel Döing kam aus dem Zimmer.

»Guck mal, Christel, mein neues Kleid. Die Ärmel sind aus Opas Unterhose und der Rock ist aus Omas Nachthemd.«

Frau Döing, Tante Thea und Helga waren ebenfalls aus dem Zimmer gekommen und bewunderten nun alle Utes Kleid. Frau Döing, die ja auch wusste, wie schwierig es war, für Kinder neue Anziehsachen zu bekommen, sagte zu Utes Mutter, die nun den Auflauf im Flur vergrößerte: »Christel ist aus vielen Sachen herausgewachsen. Vielleicht passt Ute davon etwas.«

So ging an diesem Tag das Anprobieren weiter, und am Ende hatte Ute einige wunderschöne Röcke und Pullover. Ute war für ihr Alter recht groß, und so passten ihr schon die Sachen, die

Christels Mutter gerade erst aussortiert hatte. Oma bedankte sich bei Döings mit einem Abendessen. Es gab Kartoffelsalat, der für jeden mit einem Ei verziert war.

Das Kleiderproblem hatte sich für Ute nun vorläufig gelöst. Eigentlich war es für sie kein Problem gewesen. Ihr hatte es nichts ausgemacht, gestopfte, geflickte oder angestückelte Kleidungsstücke zu tragen. Die meisten Kinder, die sie in der Stadt sah, trugen alte Sachen. Mama wollte Ute aber so nicht sehen, und auch Oma versuchte, beim Reparieren so zu arbeiten, dass es nicht allzu sehr auffiel. Ein Problem, das auch Ute als solches ansah, betraf die Schuhe. Sie hatte kein Paar Schuhe mehr, das passte, und so hatte Mama ein Paar einfach vorne aufgeschnitten, was aber für den Winter keine Lösung war. Im Sommer hatte sie, wie fast alle Kinder, »Kläpperchen« getragen, das waren einfache Sandalen mit einer Holzsohle, auf die man Riemchen genagelt hatte. Diese Kläpperchen zwickten und zwackten Ute häufig beim längeren Gehen, oft musste sie barfuß weiterlaufen, weil ein Riemchen wieder eine Blase verursacht hatte. Als sie mit ihrer Mutter die Verwandtschaft in Heven besucht und mit den Kläpperchen in der Hand vor der Tür gestanden hatte, schritt Opa Wilhelm sofort zur Tat. Er war Hauptmann bei der Freiwilligen Feuerwehr und hatte viele Freunde und Bekannte. Einer war Schuhmacher. Er kam noch am gleichen Nachmittag vorbei, um Utes Füße zu vermessen. Schnell war er gekommen, aber umso länger dauerte es, bis die Schuhe fertig waren. Als Opa Wilhelm sie schließlich brachte, waren sie Ute schon zu klein. In ihrer Verzweiflung fragte Mama den Wetterschen Schuster, Herrn Hahne, was man da machen könne.

»Vorschuhen, das mache ich in der letzten Zeit häufig.«

Mama guckte verdutzt: »Vorschuhen« was ist das denn?«

»Ich schneide die Schuhe vorne auf, verlängere die Sohle und setze auf die Öffnung eine Kappe. Von innen klebe ich eine weiche Sohle auf.« Er wandte sich zu Ute. »Selbst wenn du die Prinzessin auf der Erbse wärst, den Übergang wirst du nicht merken.«

7.

Es war November geworden und das Wort Weihnachten erklang immer häufiger. Ute hörte, wie viele Erwachsene von »trauriger Weihnacht« sprachen, aber sie hörte auch heitere Stimmen, aus deren Mund das Wort »Friedensweihnacht« zu vernehmen war. In den letzten Tagen musste sie oft an die Weihnachtszeit in Pisek denken. Sie hatte nur schöne Erinnerungen, obwohl ja Krieg gewesen war. Das fing schon mit dem Nikolausabend an. Sie war in der Dämmerung mit Mama vom Hotel »Weiße Rose«, wo sie wohnten, zur Kaserne gelaufen. Schneeflocken tanzten um sie herum, und Mama hatte auf Utes Frage, warum sie noch so spät in die Kaserne gingen, geantwortet, sie hätte gehört, der Nikolaus käme dorthin. Auf dem Kasernenhof trafen sie Frau Peters mit Lutz und Ulla, die das gleiche Ziel hatten. Dass Mama auf die Frage nach der Parole »Schneewittchen« und nicht »Nikolaus« sagte, fand Ute schon eigenartig, so wie sie es schon höchst seltsam gefunden hatte, dass der Nikolaus ausgerechnet in die Kaserne zu den Soldaten kommen sollte. In Papas Zimmer waren Stühle im Halbkreis aufgestellt, ein paar Kerzen brannten auf seiner grauen Holzkiste, die vor dem Fenster stand. Nachdem sie sich hingesetzt hatten, kam auch Papa herein. »Stellt euch vor, ich habe den Nikolaus gesehen.«

Komisch, Papas Stimme klang gar nicht aufgeregt, dachte Ute. Dann pochte es auch schon heftig an der Tür, und nach einem lauten »Herein« der Kinder stand der Nikolaus im Zimmer. Die kleine Ulla hatte sich beim Anblick dieses großen Mannes hinter dem Stuhl ihrer Mutter versteckt, Lutz und Ute jedoch guckten ihn ganz genau an. Ein weißer Pelzmantel mit Kapuze! Ob das Fell von einem Eisbären stammte? Auf den Bildern, die Ute gesehen hatte, war der Nikolausmantel immer rot! Sie war so in ihre Beobachtungen vertieft gewesen, dass sie gar nicht mitbekam, was dieser Nikolaus sagte. Sogar der Geruch, der ihm entströmte, zog wieder in Utes Nase: eindeutig Mottenpulver! Ute behielt diese und noch weitere Einzelheiten für sich, denn erst wurde die Tüte mit den Süßigkeiten entgegengenommen. Die Plätzchen kamen ihr ziemlich bekannt vor. Sie sahen genauso aus wie die, die Frau Peters gebacken hatte, als sie mit Mama bei ihr gewesen war. Familie Peters hatte es damals schöner als Mama und sie, weil sie in einer richtigen Wohnung wohnten und nicht in einem Hotelzimmer.

Für Ute stand fest, das konnte nicht der richtige Nikolaus sein, das hatte Papa mit einem Soldaten organisiert, und Frau Peters und Mama wussten auch Bescheid.

Ute hielt sich mit Mama häufig in der Kaserne auf. Sie kannte schon viele Soldaten auf Papas Etage und hatte das Gefühl, sie freuten sich, wenn sie und Mama kamen. Ute erinnerte sich auch an sehr viel Schnee in Pisek. Einen Schlitten hatte sie schon bekommen, und eines Tages überraschte Papa sie mit kurzen Skiern. Die Bindungen sahen aus wie aufgeschraubte Ledersandalen. Ute hatte gleich erraten, dass Herr Hürtlein, ein älterer Soldat, der sie ein bisschen an Opa Ewald erinnerte, diese Bindungen gebastelt hatte. In seiner Stube befand sich eine Ecke, wo er kleine Holzfiguren schnitzte oder aussägte. Ute durfte ihm oft bei seiner Arbeit zusehen. Er hatte ihr von seinen Enkelkindern erzählt und nebenbei bemerkt: »Du hast bestimmt auch so große Füße wie mein Enkel Klaus. Lass mal messen!«

Er nahm ein Lineal vom Werktisch, setzte es an und stellte fest: »Die gleiche Größe!«

Ute war das ein bisschen merkwürdig vorgekommen. Als sie die Skier dann sah, dachte sie: Warum machen es sich die Erwachsenen so schwer? Warum sagen sie nicht gleich die Wahrheit?

In Pisek gab es um den großen Marktplatz herum ein paar Geschäfte, in die Ute mit Mama gern zum Einkaufen ging. Ein Porzellangeschäft lockte in der Vorweihnachtszeit mit herrlichem Baumschmuck. Auch Mama faszinierte das Angebot. Der Behang war bunter und vielfältiger als die Silberkugeln von Oma Adele. Mama hatte sich für geschnitzte Anhänger entschieden, auf deren Vorderseite Figuren aus Märchen oder Sagen zu sehen waren. »Sehr geschmackvoll«, bemerkte die Ladenbesitzerin, die deutsch sprechen konnte. Mama kannte ihre Ute und wusste, die bunten, glimmernden Anhänger hätten ihr besser gefallen. »Du musst daran denken, wir fahren bald nach Hause zurück. Diese Holzanhänger sind viel haltbarer. Die können wir besser im Koffer unterbringen.«

Ute dachte mit Wehmut an all die schönen Dinge, die sie dann doch nicht mitnehmen konnten. Wie oft hatte sie die Marionetten vor Augen, mit denen Papa am Heiligen Abend für sie Märchen vorgeführt hatte. Welche Märchen das waren, wusste Ute nicht mehr. Es ging wohl auch ein bisschen durcheinander, weil es tschechische Puppen waren. Rotkäppchen mit einer goldenen Mütze. Es war bestimmt eine tschechische Prinzessin. Neben den Geschenken würde ihr der Weihnachtsbaum immer in Erinnerung bleiben. Es musste wirklich ein außergewöhnlich schöner Baum gewesen sein, denn Mama hatte neulich auch davon geschwärmt. Neben den geschnitzten Anhängern hingen bunte Figuren aus Zucker an den Zweigen, die durfte sie später aufessen. »Solche Figuren müsste man jetzt in Wetter kaufen können.«

Mit Oma ging Ute in der letzten Zeit zweimal täglich zum Einkaufen, Großmutter musste ja schauen, ob es irgendetwas außer der Reihe gab, vielleicht etwas, für das man keine Marken abgeben musste.

Gerade in der Vorweihnachtszeit freute Ute sich auf den nachmittäglichen Rundgang, denn es gab an der Kaiserstraße ein Schaufenster, das sie jedes Mal in seinen Bann zog. Im Fenster eines Porzellanladens drehte sich ein mit vielen kleinen Glühbirnen versehenes Riesenrad. In den Gondeln saßen Puppen von ganz unterschiedlichem Aussehen. Zarte Porzellanpüppchen waren darunter, aber auch Zelluloid- und Stoffpuppen. In einer Gondel saß ein niedlicher kleiner Teddybär, den Ute sehr gern besessen hätte.

»Das ist nur Dekoration. Wahrscheinlich hat die Ladenbesitzerin das Spielzeug ihrer Kinder ins Fenster gestellt«, kommentierte Oma Utes Wunsch nach dem kleinen Bären.

»Dann tun mir die Kinder aber sehr leid«, sagte Ute und zog Oma dabei ein bisschen am Arm in Richtung Egen, wo immer mindestens ein Bonbon auf sie wartete.

Endlich war der Weihnachtsabend da. Ein leiser Glockenton aus dem Esszimmer – Mamas Stimme: »Das Christkind war da« –, und Ute trat ein in das verzauberte Zimmer. In der Ecke vor dem Erker stand der Baum. Er war mit vielen kleinen und größeren Strohsternen behängt, der allergrößte zierte die Spitze. Die Kerzen am Baum flackerten lustig auf und ab. Ute war skeptisch gewesen, als Mama in der Vorweihnachtszeit die Strohsterne gebastelt hatte. »Haben wir denn keinen anderen Baumschmuck? Wo sind denn Omas silberne Kugeln?«

Die Anhänger aus Pisek waren ja leider verloren gegangen.

»Strohsterne sind viel geschmackvoller als Silberkugeln und Lametta«, hatte Mama geantwortet.

Wenn es um Dekoration ging, ließ sie nie mit sich reden. Ute war nun doch begeistert, wie die Strohsterne im Kerzenlicht schimmerten. »Der Baum sieht ganz golden aus. Gold ist noch viel schöner als Silber.«

Und einen Weihnachtsteller gab es für jeden: mit zwei roten Äpfeln, umgeben von Plätzchen, Haselnüssen und Marzipankartoffeln, die natürlich nicht aus echtem Marzipan, sondern aus Stampfkartoffeln mit Mandelaroma bestanden. Ute hatte das Gespräch zwischen Oma und Mama bei der Herstellung dieser Süßigkeit mit angehört, aber da sie kein echtes Marzipan kannte, empfand sie diesen Ersatz nicht als Mangel. Sie sog den wunderbaren Duft ein, der dem Teller entströmte – so roch Weihnachten.

Aber die größte Überraschung stand noch bevor. Ute hatte schon wahrgenommen, dass auf dem Teetisch unter einer Tischdecke etwas großes Rechteckiges lag. Konnte das ein Geschenk sein? Und für wen?

Mit einem Ruck zog Mama jetzt die Decke hoch.

»Hokus Pokus Fidibus«, rief Opa dazu.

»Eine Puppenstube!«

Ute vergaß alles um sich herum und vertiefte sich in die Wunderwelt dieser Puppenstube. Es waren zwei Zimmer – die

Wohnstube und ein Schlafzimmer. In der Wohnstube saßen um den Esstisch herum eine Puppengroßmutter mit einer Knotenfrisur aus schwarzer Wolle in einem dunkelblauen Kleid mit kleinen weißen Punkten. Neben ihr saß der Großvater in einem braunen Anzug. Er trug sogar eine Krawatte. Ihnen gegenüber saßen zwei Puppen, ein Mann und eine Frau; der Mann in blauen Hosen und kariertem Hemd, die Frau in einem bunten Blümchenkleid. Ute nahm die Großmutter heraus. Beim Anblick der fein gestickten Gesichter kam Ute der schwerwiegende Verdacht, nicht irgendein Engel, sondern Mama habe diese Puppen hergestellt, denn sticken konnte sie ganz besonders gut. Auf dem Tisch lagen auf Knopftellern winzig kleine, echte Plätzchen, als Becher dienten Fingerhüte. Die Wände bedeckte eine Blümchentapete. Ute schaute sich die winzigen Röschen genauer an. Sie waren ein bisschen unterschiedlich. Jetzt war Ute sicher, Mama, die Malerin, hatte die Tapete selbst hergestellt. Im Schlafzimmer, in den blau gestrichenen Betten, entdeckte sie zwei Püppchen in Schlafanzügen, das Bettzeug war rotweiß kariert. Ein Püppchen mit blonden Zöpfen, das andere mit braunem Bubikopf.

»Kommt in die Küche zum Abendessen!« Omas Stimme klang in Utes Ohren wie aus weiter Ferne.

»Ja, ich komme gleich.«

Aber keiner konnte oder wollte sie an diesem Weihnachtsabend von ihrer Puppenstube trennen, Großmutter kam mit einem Butterbrot zu ihr.

8.

Weihnachten war vorüber, aber der Baum blieb noch lange im Zimmer. Opa frotzelte schon. »Wie lange soll das Ding denn da noch stehen? Ihr wollt's doch nicht wie Fortmanns machen. Die haben mit dem Rauswurf des Weihnachtsbaumes bis Ostern gewartet und konnten dann die Eier in den Baum hängen.« Ute wusste wieder nicht, ob diese Geschichte stimmte oder Opas Erfindung war. Sie erinnerte sich auch an seine Märchenerzählungen. Darin traf Rotkäppchen im Wald auf Schneewittchen und der Wolf lief vor Schreck davon. Opa wirbelte die ganze Märchenwelt durcheinander. Ute hatte oft gebettelt: »Ach, Opa, erzähl mir doch wieder so schöne Geschichten wie früher«, aber er hatte sie immer vertröstet.

Ob Opa wohl Kummer hat, dachte Ute, die manchmal den traurigen Blick ihres Großvaters bemerkte.

Ute konnte mit ihrer fröhlichen Art die Erwachsenen häufig aufmuntern. Sie hatte jetzt sogar drei Freundinnen: Lena, Christel und Karin, die über ihr wohnte. Karin kam aus Berlin. Sie hatte drei Brüder und ihr Vater war auch noch nicht aus dem Krieg heimgekehrt. Sie wohnte nun bei ihrer Großmutter und ihren beiden Tanten im ersten Stock. Da sie ein Jahr älter als Ute war, wurde sie jetzt im Winter eingeschult. Im April war Utes Jahrgang an der Reihe und sie machte sich schon häufig Gedanken darüber. Wer würde in ihrer Klasse sein? Ob sie Christine wiedersehen würde? Sie war sicher, Lena würde in die gleiche Schule kommen, da sie so nah beieinander wohnten.

Mama hatte aus ihrer eigenen Schulzeit noch einen Tornister aus braunem Leder, dessen Oberfläche rau und runzelig war. Die beiden Trageriemen waren an mehreren Stellen angerissen. Wiederum wurde Schuster Hahne um Rat gefragt. »Kann man da etwas machen?«

Herr Hahne lächelte und holte von der Wand zwei gute

Lederriemen. »Damit kann man ihn retten, die Tasche selbst ist doch noch gut.«

Der Anfang war gemacht. Eine Schiefertafel bekam sie von Christel, die schrieb im dritten Schuljahr nicht mehr auf die Tafel, und Griffel konnte man im Schreibwarengeschäft kaufen. Die Schiefergriffel, die mit unterschiedlich gemustertem buntem Papier umwickelt waren, faszinierten Ute, und sie quietschten so schön, wenn sie die Tafel mit Kringeln und Bögen füllte.

»Sei vorsichtig, sonst ist die Tafel noch kaputt, bevor die Schule anfängt.«

Utes Mutter nahm die Tafel, putzte das Gekrakel ab und zog eine große gehäkelte Schnur durch das Loch im Rahmen. An die Enden knotete sie jeweils einen weißen gehäkelten Lappen, der mit roten Zacken gesäumt war. Sie packte die Tafel in den Tornister, die beiden Läppchen hingen an einer Seite heraus. Ute staunte. »Sollen das Fahnen sein?«

»Die sind zum Tafelputzen. Einen macht man feucht und mit dem zweiten putzt man trocken.«

»Wenn das Putzlappen sind, warum sind sie dann so schön?«

Ute erwartete keine Antwort und rührte bis zur Einschulung Tafel und Tornister nicht mehr an.

Der große Tag war gekommen. Mama hatte versucht, Ute heute besonders fein zu machen. Sie hatte an ihren Locken herumgedreht, was Ute mit Unmut quittierte. Als sie zum Tornister griff, meinte Mama: »Den lassen wir heute noch zu Hause.«

Utes Gesicht verfinsterte sich weiter. Es hellte sich erst auf, als sie Lena mit ihrem Vater auf der anderen Straßenseite stadteinwärts gehen sah.

»Schnell Mama, da gehen Lena und ihr Papa. Sie gehen bestimmt auch zur Mühlenfeldschule. Wir können doch zusammen gehen.«

Aber Mama war noch nicht startbereit. So gingen sie den Weg zu zweit, und Ute wunderte sich über die Einkaufstasche, die Mama dabei hatte.

»Ich muss auf dem Rückweg noch zu Peters, Bilder abgeben.« Sie hatte Utes fragenden Blick auf die Tasche bemerkt.

Endlich waren sie angekommen. Im Eingang stand Lehrer Stein und begrüßte die Ankömmlinge. Von der Mitteilungskarte her wusste Utes Mutter, dass er der Klassenlehrer ihrer Tochter sein würde. Sie hatte Ute schon von ihm berichtet. Oma und Opa kannten ihn persönlich. »Er ist ein sehr lieber, guter Mann, leider schon ziemlich alt.«

Die Kinder nahmen in den Bänken Platz, die Erwachsenen gruppierten sich darum. Herr Stein hielt eine lange Rede, die mehr an die Erwachsenen als an die Kinder gerichtet war. Utes Blicke schweiften umher. Außer Lutz Peters und Lena kannte sie niemanden. Viele schienen sich vom Kindergarten her zu kennen, denn sie winkten oder lächelten sich zu. Im Krieg war Mama zu ängstlich gewesen, Ute dorthin zu schicken, und als sie aus Pisek zurückkamen, war sie schon sechs.

Ihr Blick wanderte weiter durch den Raum. Von den grünlichen Wänden war an vielen Stellen die Farbe abgesprungen, auch bei der Tafel, die auf einem großen Gestell lehnte, trat an einigen Stellen ein weißlicher Untergrund zutage. Rechts in der Ecke stand ein schwarzer Gusseisenofen, der jetzt im April natürlich nicht brannte. Ute schaute sich den Platz, auf dem sie saß, genauer an. Man konnte mit dem Stuhl gar nicht hin und her rutschen, da er mit dem Tisch verbunden war. Der Tisch hatte noch eine Ablage und an der Seite jeweils einen Haken, um die Tornister aufzuhängen. Das dunkelbraune Holz hatte schon vielerlei Ritz- und Schnitzversuche über sich ergehen lassen müssen. Auf den Platz neben Ute hatte sich ein Mädchen mit hellblonden Zöpfen gesetzt. Ute erfuhr hinterher, dass sie Heide hieß. Lena war viel früher gekommen und saß in der ersten Reihe. Lehrer Stein beendete seine Rede und wünschte einen frohen Anfang.

Plötzlich kam Mama auf Ute zu und drückte ihr eine kleine spitze Tüte in die Hand. Sollte das ihre Zuckertüte sein? Sie glich nicht entfernt den Tüten aus ihrem Bilderbuch, das Material war Glaspappe. Die Tüte hatte eine Naht. Wahrscheinlich hatte man die Löcher hineingebrannt und dann mit starkem Band die Seiten miteinander verbunden. Ute traute sich nicht hineinzuschauen. Verstohlen guckte sie sich um, ob noch andere

Kinder eine Zuckertüte bekommen hatten. Große bunte Tüten waren nirgends zu erblicken.

»Mama, guck mal, der Lutz hat die gleiche Tüte wie ich!«

»Herr Peters hat wohl einige Tüten gebastelt.«

»Warum hat er sie denn aus Glaspappe gemacht?«

Ute stellte sich das ziemlich kompliziert vor. »Sie soll anschließend im Bad neben dem Spiegel aufgehängt werden und als Mülltüte dienen.«

Ein bisschen verstimmt guckte Ute ihre Tüte an. Sie entsann sich, dass die Wittener im Badezimmer eine rosafarbene Zelluloidtüte hängen hatten, in die sie ausgekämmte Haare stopften.

»Meine Tüte kommt aber nicht ins Bad. Die brauche ich für Puppensachen.«

»Natürlich, damit kannst du spielen, wenn sie leer ist.«

Sie machten sich auf den Heimweg und Ute rappelte voller Vorfreude mit ihrer Tüte, gespannt, was wohl darin sein könnte.

Ute ging gern zur Schule. Lena kam jeden Morgen mit Fräulein Annie vorbei. Ute hatte den Eindruck, dass die beiden sich mittlerweile ganz gut verstanden. Sie gingen gemeinsam, bis man hinter der Brücke die Schule sah, dann machte Annie, so nannte Lena sie nur, immer kehrt, und die beiden hüpften oder rannten die letzten Meter bis zum Ziel. Herr Stein stand vor Beginn des Unterrichts in der Tür des Klassenzimmers und beobachtete die Ankömmlinge. Er lächelte jeden an, und auch im Unterricht war er gar nicht streng. Trotzdem wussten alle, die Hausaufgaben mussten ordentlich gemacht werden. Er schaute sich jeden Tag alle Tafeln genau an. Auch Rätsel gab er auf, erzählte lustige Geschichten und trug manchmal kleine Gedichte vor, die er selbst gereimt hatte. Das vom Elefanten und vom Kürbis fand Ute besonders lustig. Es handelte von einem entlaufenen Elefanten, der sich auf seiner Flucht auf einem Kürbis ausruhen wollte. Zum Schluss hieß es: »Der Kürbis ward darauf sehr platt und jeder aß sich am Anisplätzchen satt.«

9.

Die Schularbeiten waren immer ziemlich schnell erledigt. Lena durfte auch schon ohne Fräulein Annie mit Ute eine kleine Unternehmung machen, sie hatten vor, Fräulein Engels, ihre alte Kinderfrau, zu besuchen. Da wollte Annie ohnehin nicht mitgehen, denn Lena gab ihr immer noch zu verstehen, dass sie Fräulein Engels viel lieber gemocht hatte. Lena kannte den Weg, und so standen sie bald vor der Haustür. »Wir müssen auf den obersten Klingelknopf drücken. Fräulein Engels wohnt im dritten Stock.«

Die Tür wurde aufgedrückt.

»Wer ist zuerst da?«

Die beiden rannten die Treppen hoch und kamen ganz außer Atem oben an. Fräulein Engels vergoss ein paar Freudentränen über den überraschenden Besuch und bat ihre Gäste ins Wohnzimmer. Bevor es ans Erzählen ging, brachte sie den beiden Holundersaft und Margarinebrote, dick mit braunem Zucker bestreut. Die kleinen Mädchen kamen sich sehr erwachsen vor und bemühten sich, keinen Holundersaft auf der guten weißen Tischdecke zu verschütten. Nach einer Weile verabschiedeten sie sich mit einem Knicks und versprachen, den Besuch zu wiederholen.

Fräulein Engels zog bald danach zu ihrer Schwester ins Sauerland, da ihr das Treppensteigen auf die Dauer zu beschwerlich war. Diese Nachricht hatte Ute von ihrer Oma, die ja jeden Tag bei Egens die neuesten Nachrichten hörte oder auch selbst verbreitete. So blieb es bei dem einen Besuch, und Lena sagte im Nachhinein: »Warum habe ich bloß nicht daran gedacht, ihr einen Blumenstrauß aus unserem Garten mitzubringen?«

Das Wetter wurde sonnig und warm, und Mama versprach Ute, mit ihr ins Schwimmbad zu gehen. »Aber zuerst müssen wir einen Badeanzug besorgen.«

»Was ist mit deinem alten weißen, Lieselotte?«, mischte sich Oma ein und zog ihn auch schon aus der Holztruhe in der Küchenecke. Der wollene Anzug – mehr gelblich als weiß – war wohl zu heiß gewaschen worden und somit ziemlich stark eingelaufen. Beim Anprobieren spürte Ute das dicke, kratzige Material, aber angesichts der kommenden Badefreuden sagte sie: »Passt! und zog ihn rasch wieder aus. Oma nähte ihr am nächsten Tag Schwimmkissen aus weißem Nesselstoff. »Ute, guck mal, wie sie funktionieren!«
Oma hatte ein bisschen Wasser in die Badewanne eingelassen, die Kissen feucht gemacht. Nun war sie dabei, sie aufzupusten. Sie straffte ein Stück des Stoffes zwischen ihren Händen und blies kräftig durch das Gewebe. Allmählich blähte sich das Kissen auf und wurde richtig prall. Ute hatte alles aufmerksam beobachtet und versuchte es mit dem zweiten Kissen. Bald schwammen beide Kissen in der Badewanne. Puppe Inge war die erste Testperson. Sie war aus Zelluloid und konnte ein Bad vertragen. Ute drehte Inges Arme nach vorn und legte sie sie auf den Bauch über die Stoffstreifen, die die beiden Kissen miteinander verbanden.
»Oma, guck mal, Inge kann schwimmen!«
»Die schwimmt auch ohne Kissen, weil sie hohl ist.«
»Dann möchte ich auch hohl sein.«
Großmutter und Enkelin lachten wie zwei Freundinnen über diesen Witz.

Der nächste Tag war ein Sonntag, der Himmel wolkenlos und die Luft mild.
»Das Wetter ist schön, der Himmel ganz blau – im Harkortsee schwimmt ein Kabeljau.«
Mama, die damit beschäftigt war, Brote für das Schwimmbad zu schmieren, lachte. »Woher kennst du das denn?«
»Du weißt doch, Herr Stein kann so lustige Reime machen. Neulich hat er gesagt: ›Nirgends ist es netter, als bei uns in Wetter.‹ Nicht wahr, Mama, das stimmt doch?«
Utes Mutter nickte und lächelte, dann ging es endlich los. Vor dem Kassenhäuschen hatte sich eine Schlange gebildet. Ute

entzifferte die Schrift auf der Holztafel vor dem Eingang. Ein—tritts—prei—se: Er—wa—chse—ne 20 Pfennig, Kin—der 10 Pfennig. Überall, wo Ute Schilder sah, draußen oder in den Geschäften, übte sie ihre Lesefähigkeit. Nun waren sie an der Reihe.
»Dreißig Pfennig für uns beide.«
»Woher kannst du denn so gut rechnen?«, wollte Mama wissen.
»Vom Kaufladen. Du hast mir das Spielgeld doch selbst gemalt und ausgeschnitten.«
An diesem ersten Tag bewegte Ute sich sehr vorsichtig im Nichtschwimmerbecken, dabei blinzelte sie häufig nach rechts und links, um ihre Schwimmkissen zu überprüfen. Mit ihren Armen ahmte sie Schwimmbewegungen nach, spazierte dabei aber mit den Füßen auf dem Beckenboden herum. Neidisch schaute sie zu den anderen Kindern im Schwimmerbereich herüber. Zu denen würde sie auch bald gehören, das nahm sie sich fest vor. Ute traf auch Kinder von der Wittener Straße, die bei diesem Wetter jeden Tag hierher kamen. Nach ein paar Schwimmbadbesuchen bemerkte Mama Utes Fortschritte. Sie schwamm an der Grenze zwischen den beiden Becken und ihre Füße berührten auch nicht mehr den Boden.
So ließ sie sich eines Tages erweichen, und Ute durfte mit ein paar Nachbarskindern, es waren auch ältere dabei, zum Baden gehen. Einige konnten schon schwimmen, Ursula und Marlies benötigten noch Kissen, sie bewegten sich damit jedoch schon im Tiefen. Im Nichtschwimmerbecken wimmelte es von Plantschern, die kreuz und quer herumwirbelten. Ute schaffte dabei nicht zwei ordentliche Züge hintereinander. Die anderen riefen: »Ute, komm doch hierher, es ist hier viel besser.« Sie schwang sich über das kleine Mäuerchen, das die Becken trennte. Hier durchquerte sie das ganze Becken ohne Unterbrechung. Gerade setzte sie zur Wende an, da sprangen von der Seite zwei Jungen ins Wasser. Der eine streifte sie, griff nach ihren Schwimmkissen und drückte sie fast platt. Sie schluckte dabei ein bisschen Wasser, schwamm aber einfach weiter. Am anderen Beckenrand angekommen, wurde ihr klar, dass sie ja richtig schwimmen konnte. Der Bademeister hatte die Szene beobachtet und

knöpfte sich die beiden Jungen vor. Die Nachbarskinder, denen der Vorfall auch nicht entgangen war, schwammen auf Ute zu und wollten sie trösten, aber Ute saß am Beckenrand und strahlte. »Ich kann jetzt richtig schwimmen, ganz ohne Kissen!«

Zu Hause erzählte sie von dem Vorfall nichts, sie bat ihre Mutter aber, bald einmal wieder mit ins Schwimmbad zu kommen.

10.

Bei schönem Wetter spielte Ute gern im Garten hinter dem Haus. Zu jeder Wohnung in dem großen alten Doppelhaus gehörte ein schmaler Gartenstreifen, der von den Bewohnern ganz unterschiedlich genutzt wurde. Omas Garten war geteilt. Im hinteren Bereich gab es einen kleinen Hühnerhof. Die Rückwand des Stalls schloss sich direkt an das dahinter liegende Fabrikgelände des Oberhoffschen Stahlwerkes an. In diesem Sommer hatte Oma drei Hühner: Das »Schwatte«, ein ziemlich junges mit schwarz glänzendem Gefieder, das »Scheele«, ein braun gescheckes, das auf einem Auge blind war, und das »Dickerchen«, ein weißes, schon recht altes Federvieh. Futter ausstreuen und den Wassernapf füllen durfte Ute schon, jedoch das Schönste, das Eiereinsammeln, ließ sich Oma nicht nehmen. Jedes Ei war eine Kostbarkeit. Man musste ganz vorsichtig damit umgehen.

Im vorderen Teil des Gartens wuchsen herrliche Blumen. Mohn, Margeriten und Omas Lieblingsblume – die Jungfer im Grünen. Radieschen und Möhren waren schon geerntet. Ute freute sich nun auf die Kohlrabi. Häufig kam Karin herunter. Im Garten ihrer Großmutter gab es Stachel- und Johannisbeersträucher, aber ehe die Beeren richtig reif waren, hatten die Kinder der Nachbarschaft schon einen Großteil davon geerntet. Der Streifen zwischen Garten und Haus wurde auch gerne zum Spielen genutzt. Ute brachte oft ein paar Puppensachen in den Hof, aber wenn Karin kam und Ute mit den Puppen spielen sah, verzog sie das Gesicht. Sie bevorzugte andere Spiele, dabei war Sammeln ihre große Leidenschaft. Sie hatte Ute einmal ihre Schatzkiste gezeigt, die bei ihrer Oma im Keller stand. Neben Rädchen, Knöpfen und Schnallen fielen Ute die bunten Scherben auf, die den Großteil des Schatzes ausmachten. Karin sammelte altes zerbrochenes Geschirr, das sie mit einem Hammer in kleinere Teile zerschlug, dabei halfen Tanten oder

Oma, denn man konnte sich leicht daran verletzen. Karin gab Ute auch heute zu verstehen, dass sie nicht mit den dummen Puppen spielen wollte.

»Ich habe eine Idee«, sagte sie und rief ihrer Oma, die im Keller herumkramte, zu: »Oma, kannst du mir meine Schatzkiste herausstellen?«

Frau Schlüter stellte den recht schweren Behälter nach draußen. »Aber vorsichtig! Die Scherbenkanten sind scharf.«

»Wissen wir, Omi, wir sind doch keine Babys mehr«, lächelte Karin. Sie nahm nun ein Stückchen Porzellan und ritzte damit einen Kreis, ungefähr so groß wie das Rad eines Fahrrads, in den Boden, dann drückte sie eine besonders große Scherbe in die Mitte. »So, jetzt legen wir kleinere Scherben um die große herum, bis der Kreis gefüllt ist!«

Ohne zu fragen, was das werden sollte, legte Ute Stein um Stein auf die Erde. Wenn sie mit Karin spielte, gab diese stets den Ton an, was Ute akzeptierte, denn schließlich war Karin ein Jahr älter. Mama hatte neulich gesagt: »Die Karin ist ganz schön frech, kein Wunder, die ist ja auch aus Berlin.«

Ute wollte immer schon mehr von Berlin wissen, aber jetzt konzentrierten sich die beiden Mädchen intensiv auf ihre Arbeit. Ohne einen Hinweis von Karin hatte Ute darauf geachtet, die Scherben schön abwechslungsreich hintereinander zu setzen, nicht zu viel blaue oder grüne an eine Stelle. »Wie eine riesengroße Tortenplatte«, freute sich Ute. Bunt gemusterte, einfarbige, mit Sprenkeln von Gold versehene Mosaiksteine schimmerten in der Sonne.

»So, jetzt setzen wir noch einen Stängel und Blätter an, es soll eine große Blume werden«, sagte Karin und ritzte die entsprechenden Linien in die Erde.

Mittlerweile hatten sich schon einige Zuschauer eingefunden, die das Kunstwerk bewunderten. Karin und Ute schauten sich gegenseitig voller Stolz an.

»Das muss aber eine Weile liegen bleiben«, sagte Frau Lichte, die extra vom zweiten Stock heruntergekommen war. »Von oben habe ich es schon so schön schimmern sehen.«

»Das wird heute Abend wieder eingepackt.« Karin hatte einen sehr bestimmenden Ton.

Utes Großeltern bearbeiteten noch einen zweiten Garten, und zwar den auf der Kaiserstraße. Es war Opas Traum gewesen, hier ein Haus zu bauen, aber finanzielle Probleme und dann der Krieg hatten der Verwirklichung im Wege gestanden. Der Garten jedoch war ein Segen für die Familie, nicht nur wegen des frischen Gemüses und Obstes, sondern auch als Ort, wo die Großen gemütlich unter dem Birnbaum sitzen konnten und Ute so manches Eckchen zum Spielen fand. Auch im Nachbargarten – nur durch eine Buchsbaumhecke getrennt – strolchte Ute oft herum. Die Besitzerin hatte die Hälfte ihres Gartens mit Mohn bepflanzt. Im Frühsommer schimmerte das Feld weißlich-lila, jetzt, da die Blütenblätter abgefallen waren, wiegten sich die kahlen Köpfe im Wind.

»Damit kann man prima etwas basteln!« Ute brach etliche Stängel ab.

»Du darfst nebenan nichts abpflücken.« Oma war nicht gerade erfreut und legte die Stängel zuunterst in den großen Puppenwagen, der zum Transport der Ernte diente.

Ute hatte wohl schon eine Idee, was sie basteln würde. Zu Hause kramte sie auf dem Balkon herum, bis sie drei kleine Blumentöpfe fand. Sie bat Oma noch um Draht und ein paar kleine Stoffstückchen. Kleine Ästchen sollten mit Hilfe des Drahts am Stängel befestigt und zu Armen und Beinen werden. Oma schaute zu Ute auf den Balkon. »Der Draht rutscht immer wieder ab.«

Mit ein paar zusätzlichen Windungen beseitigte Oma das Problem und fertigte auch die Kleider für die drei Mohnpuppen an. Ute steckte sie in die Blumentöpfe: eine Frau, einen Mann und ein Kind. »Das sollen Vogelscheuchen sein, aber die Kleider sehen ein bisschen zu ordentlich aus.«

»Kein Problem.« Oma schnibbelte ein bisschen daran herum, klebte ein paar Flicken auf. Für die männliche Figur wurde noch ein zerfranster Hut gebastelt. Mama kam hinzu: »Das sind ja schöne Vogelscheuchen! Es fehlen aber noch die Gesichter.«

Rasch holte sie ein Tuschetöpfchen und einen feinen Pinsel. Zum Schluss lachten die drei Vogelscheuchen die drei Menschen an.

II.

Ganz überraschend kam die Nachricht von Döings Auszug. Sie konnten wieder in ihre alte Wohnung ziehen, aber die Gaststätte im Erdgeschoss blieb weiterhin »Officers' Mess«. Auf die Frage, was das bedeute, hatte Oma gesagt: »Da gibt's Essen für die englischen Soldaten.«
Endlich müsste Ute nicht mehr im Zimmer der Großeltern schlafen und Mama könnte Wohn- und Schlafzimmer einrichten. Die Möbelwand würde endlich aus der Diele verschwinden, und vor allem hätte man wieder die Toilette für sich alleine.
Am nächsten Morgen dann der Brief von der Stadt – ein Zimmer musste für Flüchtlinge zur Verfügung gestellt werden. Ute wusste ja, was »Flüchtling« bedeutete. Bei ihr im Haus wohnte eine Flüchtlingsfamilie, zu der Ute jedoch wenig Kontakt hatte, da die beiden Mädchen schon fast erwachsen waren. Lehrer Stein hatte auch gesagt, sie würden in den nächsten Tagen Flüchtlingskinder in ihre Klasse bekommen. »Seid nett zu ihnen, denn sie haben alles verloren und waren wochenlang auf der Flucht. Wenn jemand ein Butterbrot oder Obst übrig hat – so könntet ihr ihnen ein klein bisschen helfen.«
Am nächsten Tag saßen zwei »Neue« in der Bank vor dem Pult. Sie sagten nichts und guckten unsicher vor sich hin. In der Pause herrschte Schüchternheit auf beiden Seiten, aber als die beiden wieder zu ihrem Platz gingen, lagen unter ihrer Bank etliche Äpfel, Birnen und zwei Butterbrotpakete.
Nun würde Ute viel enger mit Flüchtlingen in Berührung kommen. Schrecklich, wenn sie alles verlieren würde, dachte sie: ihren Kaufladen, ihre Puppenstube und alle Puppen und dann in einer ganz fremden Gegend sein ... Ihre Gedanken flogen weiter. Aber warum kriegen die nur ein Zimmer, wir haben dann immerhin vier?
Sie nahm sich vor, mit Oma zu reden, die hatte am meisten

Verständnis. Die Flüchtlinge sollten mindestens zwei, wenn nicht drei Zimmer bekommen, dann würden sie sich vielleicht ein kleines bisschen freuen. Es klingelte. Statt der erwarteten Flüchtlingsfamilie stand eine ältere Frau vor der Tür. Sie hielt Oma einen Zettel entgegen. »Mein Name ist Bergner. Ich bin Ihnen zugewiesen.«

Ute ging zu Mama ins Esszimmer. Was Oma jetzt zu regeln hatte, interessierte sie nicht besonders, sie schaute lieber zu, wie Mamas Bilder entstanden. Die erste große Serie bestand aus Einzelblumen, dann kamen Rasenstücke hinzu, zur Zeit schrieb sie in Kunstschrift Sprüche, die von einem zarten Blütenkranz umrahmt waren. Diese »Spruchbilder« ließen sich gut verkaufen, aber Mama meinte: »Wenn ich noch fünfzigmal schreiben muss: ›Immer wenn du meinst, es geht nicht mehr, kommt von irgendwo ein Lichtlein her‹, dann geht's zumindest bei mir nicht mehr.«

Frau Bergner, eine sehr nette Frau aus Oberschlesien, war vom Flüchtlingslager in Unna hierher geschickt worden. Ein paar Tage hatte sie bei ihrer Tochter in Hagen gewohnt, die mit ihrem Mann dort ein Zimmer zugewiesen bekommen hatte.

»Wir stellen ihr ein paar Möbel in das hintere Balkonzimmer. Die restlichen Möbel kriegen wir dann in unserem neuen Wohnzimmer unter.« Oma hatte schon wieder alles geregelt, aber diesmal monierte Mama: »Wir müssen aber zunächst das Wohnzimmer renovieren lassen. Wenigstens ein Zimmer soll ein wenig schön aussehen.«

Dass das Esszimmer, Omas Stolz, jetzt kein Paradezimmer mehr war, lag an Mama. Es war zu ihrem Arbeitsraum geworden. Sie konnte nicht jedes Mal Kästen, Pinsel und Papiere wegräumen, wenn man zusammen essen wollte. So saß man nun zu den Mahlzeiten immer in der Küche.

In der nächsten Woche kam Herr Rüther, der Anstreicher, und nahm sich das angehende Wohnzimmer vor. Ute, die wegen der Kartoffelferien nicht viel zu tun hatte, beobachtete ihn genau. Erst wurden Decke und Wände ganz weiß gestrichen. Dann sprach er mit Mama, zeigte ihr die Gummirollen mit den verschiedenen Mustern. Sie wählte ein Blumenmuster aus, das mit blauer Farbe auf die Wand gerollt wurde. Ute bemerkte die Unregelmäßigkeiten im Muster, die entstanden, wenn Herr Rüther die Rolle frisch in die Farbe eingetaucht hatte, aber als alles fertig war, sah es doch fast so aus wie echte Tapete. Oma bot dem Anstreicher frische Bratkartoffeln an, die er mit sichtlichem Appetit verspeiste.

Frau Bergner war nun auch eingezogen. Ein Koffer – das war alles, was sie mitgebracht hatte. Ute, die es spannender gefunden hätte, wenn eine Flüchtlingsfamilie mit Kindern gekommen wäre, freundete sich allmählich mit ihr an. Sie schätzte es sehr, dass sie immer Zeit für Ute hatte. Mama musste malen und wurde dabei ungern gestört. Oma hatte immer zu tun – Kochen – Putzen – Waschen – die Gärten.

Opa war tagsüber selten zu Haue. Er entwickelte gerade wieder ein neues Werkzeug – eine Dreifachkombizange.

12.

Zu ihrem siebten Geburtstag hatte Ute von ihrer Tante Herta ein dickes Märchenbuch geschenkt bekommen. Es stammte von ihren Vettern, die kein Interesse mehr an Märchen hatten. Ute konnte zwar schon lesen, aber es gab mit diesem Buch ein Problem – die Buchstaben waren so seltsam verziert. Mama hatte ihr erklärt: »Das ist Fraktur. Viele alte Bücher sind in Fraktur gedruckt. Wenn du die normale Schrift ganz flüssig lesen kannst, wird dir dies hier auch nicht mehr schwer fallen.«
Im Moment klappte es aber gar nicht. So schleppte sie das Buch mit zu Frau Bergner. Sie freute sich immer über Utes Besuch, und als sie ihre wackelige Brille aufgesetzt hatte, begann sie mit dem ersten Märchen. Diese nachmittägliche Märchenstunde erstreckte sich über viele Wochen, fast bis zum Weihnachtsfest.
Mit ihrer Freundin Lena traf sie sich nachmittags nicht so häufig. Sie waren ja in der Schule zusammen und hatten den gemeinsamen Schulweg. Christel traf sie nach Döings Auszug nur noch in der Jungschar. Dort war man gerade dabei, eine Adventsüberraschung vorzubereiten. Schwester Hildegard gab jedem einen Zettel mit einem Adventsgedicht. Das sollte auswendig gelernt werden. »Wenn ihr es aufsagt, müsst ihr unbedingt einen Tannenzweig mit einer Kerze in der Hand halten. Wenn ihr dann noch ein weißes Kleid anzieht und einen Stern ins Haar bindet ...«
Ute überlegte schon, wie sie es anstellen könnte, alles ganz heimlich zu tun, aber das war schwierig. Sie ging mit ihrem Problem zu Frau Bergner. »Das schaffen wir schon, lern du nur das Gedicht gut!«
Der erste Advent war gekommen, alle saßen noch am Wohnzimmertisch und hatten die ersten Weihnachtsplätzchen probiert, als Ute plötzlich aufstand. »Kommt in einer Viertelstunde in die Diele. Ich habe eine Überraschung für euch!«

Ohne die Reaktion der anderen abzuwarten, verschwand Ute in Frau Bergners Zimmer. Kurze Zeit darauf erklang ein Glöckchen. Frau Bergner stand im Flur, Oma, Opa und Mama kamen hinzu. Das elektrische Licht ging aus, und in die Dunkelheit trat ein kleiner, schwarzhaariger Engel in einem weißen Gewand, einen Tannenzweig in der Hand, auf dem eine Kerze brannte. Nun begann Ute mit ihrem Gedicht:

»Wisst ihr, warum mein Lichtlein brennt?
Wir feiern heute den ersten Advent!
Der grüne Zweig bedeutet Hoffen,
Drum haltet eure Herzen offen.
Seid für die Ankunft nun bereit,
bald kommt die freudenreiche Zeit.
Ihr selbst könnt ihn zu kommen wehren,
nur wo die Herzen gut und rein
kann Gott den heil'gen Christ bescheren.
Bei frommen Menschen kehrt er ein
und bleibt bei ihnen allerwegen.
Drum rüstet euch nun froh und still
schmückt Haus und Herz mit all dem Segen
den's Christkind euch bescheren will.«

Sie hatte ziemlich schnell gesprochen und an einigen Stellen so betont, als hätte sie nicht alles verstanden. Die Überraschung war aber gelungen.
»So ein schöner erster Advent.«
»Das hast du sehr gut gemacht, du Weihnachtsengelchen.«
Opa kamen sogar die Tränen. Nachdem das Licht wieder an war, sah man Utes Gewand genauer. Frau Bergner hatte ganz geschickt ein Betttuch um die kleine Figur drapiert und mit einem weißen Band festgebunden. Auf dem Kopf hatte ein weißer Pappstern gesteckt, der nun abgeknickt war und in die Stirn fiel.
»Von wem ist denn das schöne Gedicht?«, wollte Mama wissen.
»Ich glaube, von Schwester Hildegard, die hat auch Lieder selbst geschrieben und sie uns dann zur Gitarre vorgetragen.«

Man bedankte sich herzlich bei Frau Bergner. Die hatte nicht nur das Engelsgewand kreiert, sondern bestimmt auch geholfen, dass Ute das Gedicht so fehlerlos aufsagen konnte.

13.

Weihnachten rückte näher und in diesem Jahr wollte Ute auch den anderen etwas schenken. Sie war schon längst dahinter gekommen, mit dem Christkind, das konnte irgendwie nicht stimmen. Marlies, ein ganz liebes Nachbarmädchen, hatte im letzten Jahr zu Weihnachten nur Strumpfbänder und ein paar Strümpfe bekommen.

Als Ute in Erlangen war, hatte ein Mädchen zum Muttertag ein Herz gebastelt, an das sie sich gut erinnerte. Man konnte ein Fenster darin öffnen, hinter das ein Bild geklebt war. Sie überlegte sich, es mit einem Stern, einem Weihnachtsbaum oder einem Haus nachzumachen. Weihnachtsbaum und Haus bereiteten keine Probleme. Der Stern wurde krumm und schief.

»Mama, kannst du mir einen Stern zeichnen?« Sie war schon wieder in Mamas Arbeitszimmer geplatzt.

Locker zeichnete Utes Mutter einen Stern auf das kleine Blatt, das neben ihr lag.

»Er muss viel größer sein!« Ute deutete die ungefähre Größe an.

»So zufrieden?«

Mama hatte ihn auf so schönes Papier gezeichnet – sie musste ihn lediglich noch ausschneiden. Zwei weitere Sterne waren schnell geschafft. Sorgfältig schnitt sie die Fenster aus und schrieb dahinter: »FÜR OMA«, »FÜR OPA« und »FÜR MAMA«. Für Frau Bergner bastelte sie eine Krippe. Beim Zeichnen der Figuren achtete sie darauf, unter den Füßen einen Steg zu lassen, sie musste sie ja auf eine Pappunterlage kleben. Einen Tag vor Weihnachten schenkte sie Frau Bergner die Krippe, da diese Weihnachten mit ihrer Tochter feiern würde. Als Martel, die Tochter, kam, bewunderte sie die Krippe. »Am schönsten find ich den Josef: Schwarzer Anzug und Zylinder, sehr passend zu dem festlichen Anlass.« Sie lachte aus vollem Herzen.

Und schon war der Weihnachtsabend da, für Ute der schönste Tag im Jahr. Der Tannenbaum, die Weihnachtsteller, die diesmal viel üppiger ausfielen als im Jahr zuvor, und die Geschenke! Ute entdeckte einen blauen Puppenwagen. Auf rot-weiß karierten Kissen lag eine neue Puppe. Ute sah schon von Weitem, dass es keine mit echtem Haar und Schlafaugen war. Sie hatte einen Holzkopf und Flachshaare, die zu Zöpfen geflochten waren. Aber ihr Kleid gefiel Ute sehr, ein dunkelblaues mit weißem Muster, dazu eine Schürze mit Spitzensaum. Sie freute sich auch über die neuen Kleider, die Oma und Mama für ihre alten Puppen gehäkelt hatten.

»Guck dir den Puppenwagen doch mal genauer an«, forderte Opa sie auf.

»Natürlich, mein alter Wagen, der ist aber jetzt schick.«

Opa hatte Ute während des Kriegs diesen hölzernen Wagen hergestellt, die Oberfläche dabei unbehandelt gelassen, und so wies er mit der Zeit deutliche Gebrauchsspuren auf. Vor allem im letzten Sommer und Herbst hatten ihn Ute und Oma mit in den Garten an der Kaiserstraße genommen und Obst und Gemüse darin nach Hause transportiert. Opas blauen Anstrich hatte Mama dann noch an jeder Seite mit einem roten Herz versehen, aus dem Blumen herausrankten.

Ein Buch mit wunderschönen bunten Bildern nahm dann Utes ganze Aufmerksamkeit in Anspruch. Es hieß »In der Himmelsbäckerei« und erzählte von den Weihnachtsvorbereitungen der Engel oben über den Wolken. Sie wusste, so etwas gab es nicht, aber trotzdem liebte sie solche Geschichten. Traurige Erzählungen mochte sie nicht. Herr Stein hatte ihnen eine Geschichte von einem alten Mann vorgelesen, der bei eisiger Kälte durch die Stadt ging und die Krumen aufaß, die die Leute für die Vögel auf die Fensterbänke gestreut hatten. Dabei fühlte sie sich selbst kalt und hungrig. Beim Märchen vom Sterntaler ging es auch um Hunger und Kälte, aber ehe sie dabei zu schauern begann, kam der wunderbare Schluss.

Die weihnachtliche Atmosphäre blieb in diesem Jahr lange erhalten. Der Schnee verzauberte die Stadt, die Wälder, den Fluss und den See. Wenn morgens die Sonne die Eisblumen am Fenster glitzern ließ, konnte Ute den Blick kaum davon lösen. Aber ein paar Minuten später kroch sie wieder unter ihre Bettdecke, weil sie zu frösteln begann. Sie wartete, bis Oma rief: »Kannst kommen.« Dann wusste sie, im Wohnzimmer brannte der Ofen schon. Neben dem Ofen stand die Blechschüssel mit warmem Wasser und Oma empfing Ute mit dem Waschlappen in der Hand. Nachdem die Morgentoilette erledigt und Ute in ihre Sachen geschlüpft war, ging es in die Küche, wo Mama schon begonnen hatte, das Frühstück vorzubereiten. Der Küchenherd strahlte wunderbare Wärme aus, die Eisblumen am Küchenfenster waren schon geschmolzen. Es gab den guten Lindekaffee aus dem blauen Paket mit den weißen Punkten. Die Erwachsenen tranken ihn schwarz, Ute mit viel Milch, dazu gab es Marmeladenbrote. Opa ließ sich die Bratkartoffeln schmecken, die noch von gestern übrig geblieben waren.

Wenn es nach draußen ging, musste man sich bei dem winterlichen Wetter gut einpacken. Es gab schon wieder Wolle zu kaufen. Frau Bergner war eine wahre Strickkünstlerin. Mütze, Handschuhe, lange Strümpfe – Ute wurde gut damit versorgt.

Der Winter war eine endlose Schlittenfahrt: Die Bahnhofstraße ging's hinunter, am Waldrand vom »Freien Bock« bis auf die Wittener Straße. Auch die Gartenstraße vom Friedhof bis zum Wald war sehr beliebt. In der ersten Zeit war Mama dabei, aber als sie sah, wie gut Ute mit ihrem Hörnerschlitten zurechtkam, durfte sie alleine fahren. Sie lernte viele Kinder aus ihrer Nachbarschaft kennen und wünschte, der Winter würde nie zu Ende gehen.

14.

Mit dem Tauwetter kam aber eine überraschende Nachricht für Ute, sodass sie dem Schnee nicht nachtrauerte. Oberhoffs würden in ihr Bürohaus ziehen, und das war nur zwei Häuser neben ihrem. Das Erdgeschoss kannte Ute schon ein bisschen. Sie begleitete Oma am Monatsanfang manchmal, wenn sie die Miete bezahlte, denn das Haus, in dem Ute wohnte, gehörte wie viele andere den Oberhoffs. Die Wände waren bis unter die Decke getäfelt und es lag stets der gleiche Geruch im Raum, eine Mischung aus Bohnerwachs, Papier und Tabak. Beim letzten Mal hatte Ute im ersten Stock lautes Hämmern und Krachen gehört. Jetzt wurde ihr klar, die Handwerker waren dabei gewesen, für Oberhoffs eine Wohnung auszubauen. Als ein Lastwagen vor dem Haus stand, gab es viele kleine Zuschauer. Auch Ute hatte sich dazugesellt. Gerade trugen zwei Männer das große Puppenhaus die Stufen hoch. Das gab es also noch. Die Männer hatten es vor dem Eingang kurz abgesetzt, und Ute konnte erkennen, dass selbst die kleinen Dachpfannen alle noch heil waren. Ganz aufgeregt rannte sie nach Hause, um alles zu berichten.

Wochen vergingen, doch Ute erblickte weder Christine noch ihre Geschwister. Einmal sah sie Frau Oberhoff von Weitem, einmal einen Mann, der aussah wie ein Anstreicher, ins Haus gehen. Ob sie noch nicht mit der Renovierung fertig waren? Eine Hoffnung blieb Ute. Sie selbst würde im zweiten Schuljahr auf die Bergschule kommen und Christine, das hatte sie gehört, war ja schon seit dem ersten Schuljahr dort. Lena kam übrigens auch in die Bergschule, und so gab es ein fröhliches Wiedersehen, als die drei Mädchen zusammen vor dem Klassenraum standen und warteten, bis Lehrer Hinz sie hineinließ.

»Immer zwei und zwei und nicht zu schnell!« Die Stimme von Lehrer Hinz klang ein bisschen härter als die von Lehrer

Stein, jedoch sein Blick war gar nicht streng, eher lustig. Ganz so alt wie ihr erster Lehrer war er wohl nicht, aber bestimmt auch schon so alt wie Opa. Die Mütter, ein paar Väter waren auch dabei, hatten sich diesmal schon vor der Tür verabschiedet. Ute fand das richtig, sie waren ja keine i-Männchen mehr.

Nach und nach hatten alle einen Platz gefunden. Ute saß in der dritten Reihe neben Christine, vor ihnen Lena neben einem Mädchen aus der Bruchstraße. Da die Eltern erst ab diesem Schuljahr eine Wahl gehabt hatten, ob evangelische, katholische oder Gemeinschaftsschule, war die Zusammensetzung der Klasse stark verändert. Es hatte einen großen Andrang auf diese evangelische Schule gegeben. Ute drehte sich um und versuchte, die Bänke zu zählen. Es gab drei Reihen, in jeder Bank saßen zwei Schüler. Sie rechnete noch an dem Ergebnis herum – »Das macht ...«, als Herr Hinz heftig mit einem Lineal auf das Pult schlug. Es herrschte gleich Ruhe. Herr Hinz schaute auf seine Liste und rief die Schüler auf. Bei der Nennung seines Namens musste man »Hier!« sagen und aufstehen. Nachdem Ute an der Reihe gewesen war, hatte sie genügend Zeit, die Anzahl ihrer Mitschüler herauszubekommen – es waren sechsundfünfzig. Viele davon kannte sie noch nicht, von der Mühlenfeldschule waren viele auf die Gemeinschaftsschule am Harkortsee gegangen. Ute hatte schon bemerkt, dass Herr Hinz viel strenger war als Herr Stein, aber als er zum Schluss seine Geige aus dem Wandschrank nahm und sie das Lied vom Kuckuck und dem Esel lernten, war Ute von ihrem neuen Klassenlehrer hellauf begeistert. Eine Strophe spielte er auf der Geige vor, sagte ihnen dann den Text, und los ging's gemeinsam. Sechsundfünfzig Stimmen – vom Brummbass bis zum Engelsstimmchen – ließen das Lied von Kuckuck und Esel, die ja auch Probleme mit dem Singen hatten, weithin ertönen.

Ute, Lena und Christine sangen auf dem gemeinsamen Nachhauseweg noch weiter und zauberten damit ein Lächeln auf das Gesicht des einen oder anderen Passanten. Es war aber auch das Aussehen der drei, was sie auffallen ließ. Ute mit ihrem dunkelbraunen Haar, über den Ohren »Affenschaukeln«, um die über die Zopfspangen noch weiße Taftschleifen gebunden waren. Sie trug eine dunkelblaue Strickjacke über einem bunten Ringelpullover und einen dunkelblauen Faltenrock, noch ein Geschenk von Döings. Lena mit ihrem hellblonden Lockenkopf sah in ihrem blassrosa Mäntelchen mit dem weißen Kragen aus wie einem Bilderbuch entsprungen. Der Mantel war ein Modell aus der Vorkriegszeit. Ute wusste, Familie Renninghaus hatte Bekannte mit einer größeren Tochter. Von ihr bekam Lena häufig Sachen, die ganz besonders schick waren. Christine mit ihrem hellbraunem Haar, an der Seite zu zwei Zöpfchen geflochten, trug ein khakifarbenes Trachtenkostüm, das einmal eine Wolldecke gewesen war. Oberhoffs hatten eine geschickte Schneiderin, die aus mehreren Wolldecken Kleidung für alle drei Oberhoff-Kinder genäht hatte.

An der Kreuzung Wittener Straße/Bruchstraße gingen sie auseinander, da Christine und Ute hier die Fahrbahn überqueren mussten. Die beiden verabredeten sich für den Nachmittag bei Christine.

Als Ute die Treppe in der Bürohalle hochging und vor der Korridortür aus Pressholz stand, überkam sie ein trauriges Gefühl. Sie war neulich noch am Eingang der Oberhoffschen Villa vorbeigelaufen. Die Engländer waren sehr freundlich. Sie schimpften nicht, wenn Kinder von der Wittener Straße durch den Garten liefen. Es kümmerte sich keiner darum. Ute hatte noch die wunderschöne geschnitzte Eichentür vor Augen, als sie jetzt vor dieser schlichten Holztür stand, deren weiße Farbe an den Ecken abgeschlagen war. Frau Oberhoff öffnete:
»Ute, ich hätte dich kaum wieder erkannt! Bist du aber groß geworden«, rief sie und fügte im gleichen Atemzug hinzu: »Christine, die Ute ist da!«

Christine zeigte Ute zunächst ihr neues Zuhause. Von einem schlauchförmigen Flur führten links drei und rechts zwei Türen in die Zimmer, eine zum Bad und zum Dachboden. Der Raum, der Ute am besten gefiel, war die Küche, sie war auch der größte und hellste Raum, vor allem beeindruckte sie der lange Esstisch, an dem mindestens zehn Leute Platz hatten. Das Wohnzimmer empfand Ute als beklemmend – so vollgestellt mit Möbeln. Sehr wahrscheinlich hatten sie in ihrer Villa mindestens drei Wohnzimmer. Christine teilte ihr Zimmer mit ihrer neun Jahre älteren Schwester Anne. In der Diele hatte man ihr noch eine Spielecke eingerichtet. Christines Bruder, fünf Jahre älter, schlief mit seiner Großmutter im Ehebett. Platz gab es für ihn tagsüber hier nicht, er hatte dafür einen Tisch auf dem Dachboden zum Schularbeiten machen und Basteln.

Als Ute wieder bei sich zu Hause war, fand sie ihre eigene Wohnung schöner als die Oberhoffsche. Die breite Diele mit dem alten Schrank, seinen verzierten Türchen, Schubladen und bronzenen Beschlägen, die geschnitzte Truhe und die beiden Stühle mit den hohen Lehnen. Auch die übrigen Zimmer fand sie viel gemütlicher, vor allem ihr eigenes halbes Zimmer hinter dem Schrank. Mama hatte ihr die Rückwand des Schrankes mit Tapete beklebt und ein Fenster darauf gemalt, mit Blumentöpfen, Gardinchen und einem Ausblick auf eine Blumenwiese, auf die die Sonne schien. Von ihrem Bett aus guckte Ute genau auf das gemalte Fenster.

Der Krieg hatte vieles verändert. Oberhoffs wohnten in einem Bürohaus. Bei Familie Renninghaus wohnten noch zwei Familien mit im Haus. Aber Ute wusste, das war gar nicht so schlimm. Oberhoffs Villa war ja nicht zerstört, sie würden später bestimmt wieder dort einziehen, und auch die Familien in Lenas Haus würden eigene Wohnungen bekommen. Ute wusste, es gab viel, viel Schlimmeres. Ihre Großeltern in Witten hatten alles verloren – Möbel, Bücher, Wäsche, Kleider. Eine Bombe war mitten aufs Haus gefallen und hatte es dem Erdboden gleich gemacht. Sogar das Besteck war geschmolzen. Oma hatte ihr einen kleinen, verbogenen Teelöffel gezeigt. »Guck mal, das ist das Einzige, was ich aus den Trümmern gerettet habe.«

Oma und Opa waren zum Glück mit Tante Herta, Günther und Hans-Werner im Bunker in Tante Hertas Haus gewesen, der ihnen Schutz bot. Auch dieses Haus war nach dem Angriff auf Witten nicht mehr bewohnbar gewesen, und so waren sie alle zusammen in Heven untergekommen, zu sechst in drei Zimmern.

15.

In der Schule gab es eine Neuigkeit. Eines Morgens sagte Lehrer Hinz: »Fragt mal zu Hause, ob ihr einen Henkelmann habt. Wenn nicht, wendet euch an Verwandte oder Nachbarn, denn morgen gibt's Schulspeisung.«

Die meisten wussten Bescheid, denn in den Familien war schon seit einiger Zeit darüber geredet worden. In Amerika lebten viele fromme Menschen, die den hungernden Kindern in Deutschland helfen wollten, obwohl die Deutschen im Krieg ihre Feinde gewesen waren. Opa gab Ute seinen Henkelmann, und voller Stolz spazierte sie am nächsten Morgen mit dem Blechgeschirr in der Hand zur Schule. In der großen Pause war es dann so weit. Von Lehrer Hinz dirigiert, gingen sie in den Keller, wo ein großer Metallkübel mit dampfender Erbsensuppe auf sie wartete. »Nicht drängeln, jeder bekommt etwas!«

Herr Hinz sorgte dafür, dass sich alle brav hintereinander aufstellten. Frauen mit weißem Kopftuch und weißer Schürze waren mit dem Aufwärmen und Austeilen der Suppe betraut. Alles lief reibungslos, und mit der Zeit wurde es fast selbstverständlich, dass es in der großen Pause eine leckere Suppe gab. Man aß im Klassenraum und Herr Hinz beobachtete vom Pult aus, ob auch alle manierlich aßen. Wenn jemand die Suppe nicht ganz aufessen wollte, konnte er sich melden und sagen: »Herr Hinz, ich mag nicht mehr!«

Auf dem Pult stand ein großes Einweckglas, in das die Reste hineinkamen. Nach Schulschluss trug er das Glas in einer Tasche mit zu sich nach Hause.

16.

So beengt die Wohnverhältnisse vieler Kinder aus der Nachbarschaft auch waren, für die Kinder der Wittener Straße bot sich draußen ein Paradies. Neben dem Scheder Wald, der am Ende der Straße begann, war es vor allem der Oberhoffsche Garten mit den fantastischsten Spielmöglichkeiten. Seit Oberhoffs aus der Villa ausgezogen waren, bewirtschafteten sie nur einen Gemüsegarten im oberen Teil – der Rest mit Brunnen, Pavillon, Rasenstücken, die bald zu Blumenwiesen wurden, und vielen Kletterbäumen stand den Kindern offen. Ein großes schmiedeeisernes Tor war zwar mit einer Kette samt Schloss verriegelt und an dem Tor war auch ein Schild »Betreten verboten« befestigt, aber der Haupteingang lag völlig frei da.

»Wenn jemand etwas dagegen hätte, dass wir im Garten spielen, warum ist dann vor dem Haupteingang nicht auch ein Tor?« Ute hatte sich schon einmal Gedanken darüber gemacht. Die Kette am Tor war auch so lang, man konnte durch den Spalt gut hindurchgelangen. Die meisten kletterten aber am liebsten über das Tor, das keinerlei Spitzen im oberen Teil aufwies. Dahinter ging es ein bisschen schräg hoch, und hinter einem steinigen Plateau erhob sich nach zwei Seiten hin eine steile Felswand, an der bis in unerreichbare Höhe veredelte Brombeeren hochrankten. Einmal reif, waren die Beeren im unteren Bereich rasch abgeerntet. Ute schaffte es nicht, mehr als ein kleines Gefäß zu füllen. Waghalsige Jungen brachten da schon mehr nach Hause, neben den Brombeeren allerdings auch ziemlich verkratzte Arme und Beine.

Auch das halb von Ranken überwucherte Eingangstor eines Tunnels war zu erkennen.

»Hier waren wir drin, wenn Fliegeralarm war«, erklärte Christine, die oft mit Ute im Garten herumstromerte. Sie wäre jetzt zu gerne einmal wieder hineingegangen. Sie drückte gegen die Tür. »Schade, die ist fest verschlossen.«

Sie glaubte auch nicht, dass einer von den Erwachsenen ihr die Tür aufmachen würde, die hatten Angst, der Tunnel könnte zusammenbrechen.

»Ich würde auch nicht reingehen, wenn er offen wäre«, sagte Ute. »Wenn da wirklich was passiert?«

Ute war viel ängstlicher als Christine, die vielleicht auch durch ihren älteren Bruder mehr Mut und Selbstbewusstsein zeigte. Wenn sie auf Bäume kletterten, blieb Ute immer im unteren Bereich, während Christine sich in Höhen hinauf traute, wo die Äste schon beängstigend dünn wurden. Sie hatten einen Lieblingsbaum, eine krumm gewachsene Latschenkiefer im oberen Teil des Gartens. Wenn man den Hauptstamm hochgeklettert war, gab es da einen Ast wie eine schmale Bank mit einem anderen als Rückenlehne. Man konnte darauf schaukeln oder nur sitzen und hinuntergucken.

Sie hatten sich auch stets eine Menge zu erzählen und vergaßen darüber die Zeit, bis Utes Mutter nach ihr rief oder Christines Bruder erschien, seine Schwester zu holen.

17.

Im Haus neben Ute wohnte im oberen Stockwerk eine Tanzlehrerin, Frau Lohl. Durch Mund-zu-Mund-Propaganda erfuhren Christine und Ute, dass sie einen Kindertanzkreis gründen wollte. Christine war gleich Feuer und Flamme, Ute zögerte noch. Als ihre Mutter sie dann drängte, gab Ute nach und wurde angemeldet. So versammelten sich wöchentlich acht bis zehn Mädchen in Frau Lohls ausgeräumtem Wohnzimmer. Die einzigen Möbelstücke in dem Raum waren ein Klavier, ein kleines Tischchen, darauf ein Plattenspieler und ein paar Stühle, dicht an die Wand geschoben. Die Übungen waren immer schnell geschafft: die fünf Positionen, dazu ein paar Armhaltungen. Worauf Frau Lohl hinarbeitete, waren Tänze, die zur Aufführung gebracht werden sollten.

Im Düllmannschen Saal im Schöntal fand ein Fest für die Kriegsheimkehrer statt. Es wurden Reden gehalten, ein Chor trat auf, und als Höhepunkt wurde Frau Lohls Kindertanzgruppe angekündigt. Die Kinder hatten hinter der Bühne auf die Ansage gewartet und auch mal durch die Vorhangspalte geblinzelt. Utes Mutter saß mit Frau Oberhoff in der ersten Reihe. Der Vorhang ging auf, zehn Mädchen, fünf davon als Jungen verkleidet, bildeten einen Kreis, und als vom Plattenspieler der Holzschuhtanz aus der Oper »Zar und Zimmermann« ertönte, gab es kein Zurück mehr. Holzschuhe in Kindergröße waren nicht aufzutreiben gewesen, und so mussten sie an den entsprechenden Stellen kräftig mit den Füßen auf den Boden stampfen. Die »Jungen«, darunter auch Ute, hatten ihre Haare unter einer Kappe versteckt, die Mädchen trugen weiße Häubchen aus Papier, mit Haarklammern sorgfältig befestigt. Trotzdem passierte es: Bei einer schnellen Bewegung löste sich ein Häubchen.

Während der Generalprobe war das sogar zweimal vorgekommen, Frau Lohl hatte damals gewarnt: »Wenn etwas hinfällt, nicht aufheben! Weitertanzen!«

Es war Ursula, der das Missgeschick passierte. Instinktiv bückte sie sich, jemand trat ihr auf die Finger und außerdem war das Häubchen platt getreten. Sie kamen alle mehr oder weniger aus dem Takt. Hinter dem Vorhang ertönte Frau Lohls Stimme: »Kreis bilden! Anfassen.«

Ein paar Takte musste man aussetzen, und schon ging es weiter. Die Zuschauer klatschten begeistert, viel stärker, als wenn alles hundertprozentig gelaufen wäre. Der Beifall wollte kein Ende nehmen. Frau Lohl flüsterte: »Wir tanzen's noch mal. Aber ohne Häubchen!«

18.

Utes Sommerfreuden wurden durch eine Blinddarmentzündung erheblich getrübt. Es passierte alles sehr plötzlich. Schon in der großen Pause fühlte sie sich nicht gut, und ihre Suppe wanderte unangerührt in Lehrer Hinz' Einweckglas. Die leichten Bauchschmerzen verwandelten sich in so starke Schmerzen, dass sie nach Schulschluss schreiend nach Hause lief. Oma hatte gleich den Verdacht, es könnte der Blinddarm sein. Gott sei Dank war Opas Auto wieder fahrtüchtig, und ab ging es ins Wettersche Krankenhaus. Glücklicherweise hatte Ute an diesem Tag gar nichts gegessen, und so konnte die Operation gleich vorgenommen werden. Wie sie später erfuhr, war ihr Blinddarm kurz vor dem Durchbruch gewesen. Während Mama, die mitgekommen war, von der Krankenschwester beruhigt werden musste, hatte Ute keine Angst vor der Operation. Sie kannte Dr. Groß gut, er war Christines Onkel, sie war schon ein paar Mal in seinem Haus gewesen und hatte mit seinen Kindern, Christines Cousins, gespielt. Als sie auf dem OP-Tisch lag, strahlte ihr eine Riesensonne ins Gesicht. Dann bedeckte Dr. Groß ihre Nase mit einer Äthermaske. Sie sollte bis zehn zählen. Wie sie sich im Nachhinein erinnerte, war sie gerade mal bis fünf gekommen.

Nachdem die ersten drei Tage, an denen sie nicht aufstehen durfte und keinen Schluck zu trinken bekam, hinter ihr lagen, war es gar nicht so übel im Krankenhaus. Sie bekam häufig Besuch und jeder brachte ihr etwas Schönes mit. Es gab auch viel Spaß mit den anderen Kindern im Krankenzimmer. Wenn keine Schwester im Raum war, hüpften die Jungen aus dem Bett und machten Unsinn. Manchmal geisterten sie sogar nachts herum. Auf dem Stuhl neben ihrem Bett lag Utes weißes Angorajäckchen. Es war ein verfilztes kleines Ding, das ihre Mutter früher einmal getragen hatte. Wie es so auf dem Stuhl lag, sah es aus wie ein schlafender Hund. Einer der Jungen zog es verkehrt herum an, duckte seinen Kopf, knurrte wie ein Hund und näherte sich dem Bett eines kleinen Mädchens, das kurz zuvor eingeliefert worden war. Als das Mädchen vor Schreck aufschrie, kam auch schon die Schwester herein: »Was ist denn hier los? Marsch ins Bett.«

Der Spuk war rasch zu Ende und die kleine Isabella schnell getröstet.

Nach Entfernung der Metallklammern dauerte es nicht mehr lange und Ute war wieder zu Hause: Ein bisschen Geduld musste sie noch haben. Draußen herumtoben oder gar ins Schwimmbad gehen, war noch verboten. Sie hockte häufig am Fenster und sah, wie andere Kinder, mit Decken und Taschen bewaffnet, Richtung Schwimmbad eilten. Es war zwar schon September, aber es herrschte eine Hitze wie im Hochsommer. Wenn ihre Freundin Christine vorbeikam, trug sie nichts anderes als eine bunte Trägerhose aus Baumwolle.

Bald konnte Ute wieder zur Schule gehen, aber vorher gab es eine große Überraschung. Sie durfte für ein paar Tage mit Oma und Opa nach Niederorke fahren. Der Name dieses Ortes weckte die Erinnerungen an wunderbare Schinken- und Leberwurstbrote, Hühnchen oder Eier. Sie freute sich auch auf die Familie Krümmelbein, bei der sie wohnen würden. Christine musste laut lachen, als sie den Namen nannte. Ute hingegen hatte ihn schon so oft gehört – sie fand ihn fast normal. In Wetter gab es auch Familien mit sonderbaren Namen, wie zum Beispiel die Hasenbalgs oder Schweinshaupts, aber nur anfangs dachte man über die Bedeutung nach.

Opa bastelte einen ganzen Tag an seinem alten Opel herum, bevor es am nächsten Morgen losging. Die Fahrt verlief reibungslos, bis kurz vor dem Ziel Qualm aus der Motorhaube hervorquoll. Opa hielt an, schaute sich um und war erleichtert. Nicht weit entfernt gab es einen Fluss. Es war wohl nicht das erste Mal, dass dieses Problem auftrat, denn gleich hatte er eine Flasche zur Hand, mit der er Wasser holte, um damit den überhitzten Motor zu kühlen. Nach dieser Zwangspause war man bald in Niederorke, einem kleinen Dorf, durch das eine breite, lehmige Straße führte. Auf der linken Seite liefen Kinder hinter ein paar Schafen her. Opa hielt an, und die Schafe bogen blökend vor ihm links in einen Stall.

»Da sind wir, und da ist ja die Erika.« Er zeigte auf eines der Kinder, die hinter den Schafen hergelaufen waren. Oma und Ute kletterten aus dem Auto, aber die Begrüßung mit Erika, der Enkelin von Opas altem Jagdfreund, war ein bisschen problematisch. Sie wusste wohl, wie schmutzig sie immer war, wenn sie mit den anderen Dorfkindern die Schafe auf die Weide getrieben hatte. Auch zerrissen war wieder etwas: an ihrer Schürze und am Rock. Oma und Ute trugen ihre Sonntagskleider. Und so verschwand Erika nach einem leisen »Guten Tag« rasch im Haus. Unterdessen hatten die Krümmelbeins ihre Ankunft bemerkt. Sie traten vor das Haus, und so knapp die erste Begrüßung gewesen war, umso herzlicher ging es jetzt zu.

In der Gaststube empfing sie ein gedeckter Tisch mit vielen leckeren Sachen. Ute schaute sich in dem Raum um. Neben drei weiteren rechteckigen Tischen und einem runden, durch ein Metallschild an einem Ständer als »Stammtisch« ausgewiesen, füllte eine lange Theke die linke Seite, dahinter standen Regale, die bis unter die Decke reichten. Im vorderen Teil befand sich die Poststelle von Niederorke, im Mittelteil die Zapfanlage für die Gaststätte mit Gläsern und Flaschen im Regal dahinter. Das Interessanteste war das kleine Lebensmittelgeschäft, das den restlichen Raum von Theke und Wand einnahm. Ute stellte es sich paradiesisch vor, ein eigenes Lebensmittelgeschäft im Haus zu haben. Da standen sogar zwei große Gläser mit Bonbons. Ob Erika sich immer welche davon nehmen konnte? Frau Krümmelbein sah Utes begehrlichen Blick, holte ein Glas herunter und hob den Deckel hoch. »Hier, Ute, nimm dir ein paar. Du magst doch Bonbons, oder?«

Ute war erst eine Viertelstunde da und hatte noch nicht viel gesehen, aber sie fand es schon jetzt wunderbar. Dann kam Erika herein, frisch gewaschen, in ihrem wohl schönsten Kleid und war jetzt auch bereit, die Gäste freundlich und mit einem Knicks zu begrüßen. Es dauerte nicht lange und die beiden Mädchen machten sich selbständig und durchstreiften Haus und Hof.

Zum ersten Mal in ihrem Leben sah Ute Schweine und Schafe ganz aus der Nähe und scheute sich nicht, einem Schaf in die Wolle zu greifen. Der Pferdestall war bis auf zwei Ackergäule leer.

»Wir hatten früher viel mehr Pferde, im Krieg wurden sie alle abgeholt«, erklärte Erika.

Ute wusste – die Soldaten hatten im Krieg Pferde gebraucht. Es gab ein Foto von ihrem Papa, das zeigte ihn »hoch zu Ross«, wie Oma gesagt hatte.

In den nächsten Tagen lernte sie all die Plätze kennen, an denen Erika und die Dorfkinder sich die Zeit vertrieben. Wunderbar war es an dem kleinen Flüsschen, der Orke. Man konnte darin herumlaufen – das Wasser umspielte gerade einmal die Füße. Es war richtig angenehm, über die flachen abgerundeten Steine zu gehen. Ute hob ein paar besonders schöne Exemplare auf – ganz hellgrau, von feinen dunklen Linien durchzogen – und steckte sie in ihre Schürzentasche. Sie durfte auch helfen, die Schafe in den Stall treiben. Sie konnte sich nicht sattsehen an den puscheligen Tieren, die die Dorfstraße hinunterdrängten.

»Autsch!« Ute hatte nur die Schafe im Auge gehabt, nicht die unebene Straße mit Sand und Steinen. Beide Knie waren aufgeschlagen, und am Ende zierten zwei Verbände ihre Beine.

»Die werden dich am Montag in der Schule fragen, ob Dr. Groß beim Operieren wohl das Skalpell ausgerutscht ist«, scherzte Opa.

19.

Das schöne Wetter hatte den ganzen September angehalten, und auch der Oktober zeigte sich noch freundlich und angenehm. Ute kannte mittlerweile die Kinder aus jedem Haus der Wittener Straße. Gleich nach dem Mittagessen erledigt sie schnell die Schularbeiten, und schon ging's nach draußen. Irgendjemanden traf Ute immer. Sie gehörte zu den Jüngeren, es gab ein paar, die gaben den Ton an und sagten, was gespielt werden sollte. Am beliebtesten war Verstecken spielen. Man hätte noch im Dunkeln weitergemacht, wären da nicht die Mütter gewesen, die mit ihrem »G-i-s-e-l-a, raufkommen. Mar-lies, Essen ist fertig!« dem Ganzen ein Ende bereiteten.

Gerne stand man auch einfach nur so herum, erzählte, lästerte, am besten mit einer Schnitte Brot bewaffnet. Manchmal wurde auch auf den Ruf »Mutter, schmeiß mal nen Butter« ein Butterbrotpaket nach unten geworfen, wo es geschickt aufgefangen wurde. Auch ein Apfel oder eine Birne schmeckten draußen verspeist viel besser. Eines Tages gab es Zitronen zu kaufen. Ute kam mit einer halben, mit Zucker bestreuten Zitrone auf die Straße. Sie war mit ihrer Frucht nicht allein. Man wetteiferte miteinander, wer ohne sein Gesicht zu verziehen eine ganze Zitrone verspeisen konnte.

Lena gehörte nicht zu den Kindern, die auf der Straße spielen durften.

Aber auch Christine war längst nicht so häufig auf der Straße wie Ute. Die beiden wurden von den anderen auch nicht als Ihresgleichen angesehen. Lena aus dem Haus mit dem großen Garten, deren Vater die Eisengießerei am Ende der Straße gehörte, und Christine, von der jeder wusste, dass sie – auch wenn sie jetzt in diesem Bürohaus wohnte – aus der Villa stammte, die einige auch »das Schloss« nannten. Ihr Vater leitete zusammen mit seinem Bruder und Schwager das Gussstahlwerk.

Wenn Ute zu Christine ging, war die große schwarze Marmorplatte rechts vor dem Eingang ins Bürohaus nicht zu übersehen. Die Mädchen waren oft mit ihrem Zeigefinger die vertieften Goldbuchstaben entlanggefahren. GUSSSTAHLWERK CARL OBERHOF.
»Komisch, drei S hintereinander«, das kam Ute seltsam vor. Gerade kam Herr Bülte, ein älterer Büroangestellter, heraus.
»Onkel Bülte«, Christine redete viele Personen mit Onkel oder Tante an, die gar nicht mit ihr verwandt waren, »warum schreibt man das hier mit drei S?«
Sie reckte ihren Zeigefinger in Richtung des besagten Wortes.
»Das ist ganz leicht zu erklären. Guckt euch mal die Buchstaben an. Sind das große oder kleine Buchstaben?« Herr Bülte spielte den Lehrer sehr liebevoll.
»Große«, kam die einhellige Antwort der Mädchen.
»Habt ihr schon mal ein großes ß gesehen?«
»Nee!«
»Also, weil es kein großes ß gibt, schreibt man zwei S.«
»Ach so, deshalb.«
Christine und Ute nahmen sich vor, demnächst einmal andere Kinder danach zu fragen. Christine würde es ganz bestimmt nicht vergessen. Sie gab gern Dinge zum Besten, die die anderen noch nicht kannten. Die Quelle dieser »Überlegenheit« war oft ihr Bruder Claus, schon im ersten Jahr auf dem Gymnasium am Harkortsee. Er hatte ihr zum Beispiel zwei englische Lieder beigebracht, die sie im Kreise der Spielkameraden auf der Straße lauthals vorsang: »Three grey geese« und »Polly Wholly doodle«. Ute verstand kein Wort, aber sie fragte auch nicht, sie hatte das Gefühl, Christine verstünde es selbst nicht.

Wenn das Wetter nicht nach draußen lockte, vertrieben sich die beiden Freundinnen die Zeit auf dem riesengroßen Aktenboden im zweiten Geschoss des Bürohauses.
Aus der Diele ging es die geschwungene Treppe hoch. Zunächst erreichten sie einen großen, fast leeren Raum. Unwillkürlich schauten sie auf die beiden riesigen Papierrollen vor der Stirnwand. Christines große Schwester Anne schnitt ihnen manch-

mal ein Stück von diesem braunen Packpapier ab, mit dem man wunderbar basteln konnte. Anne bewohnte jetzt eins der beiden Mansardenzimmer neben dem von Trude, dem Dienstmädchen der Oberhoffs. Da Anne nicht zu Hause war, holte Christine eine Schere aus ihrem Zimmer und schnitt ein Stück Papier von der Rolle ab. »Komm, wir basteln uns Masken.«
Sie rannten in einen Aktenraum, in dem unter dem Fenster ein Schreibpult stand. Hier konnte man in Ruhe Schularbeiten machen. Alleine fand Christine jedoch selten hierhin. »Schula«, wie alle sagten, erledigte sie lieber an dem riesengroßen Küchentisch. Außerdem war da immer jemand, den sie fragen konnte!
Jetzt aber vertieften sich die beiden Mädchen in die Herstellung ihrer Masken. Man musste die Buntstifte kräftig aufdrücken, sonst kamen sie auf dem bräunlichen Papier nicht richtig zur Geltung. Zum Schluss schnitten sie Augen und Mund heraus und hielten sie vor das Gesicht. Währenddessen kam Anne und fand die Masken sehr gelungen.
»Wollen wir ein Papierkostüm dazu schneidern?«, fragte sie.
Und ob sie wollten. Es entstanden zwei Gewänder, die die Schwester an den Seiten mit großen Stichen zunähte. Saum und Ärmelkanten waren fransig geschnitten. Als die beiden die Papierkleider samt Masken angezogen hatten, lautete Annes Urteil: »Wie zwei Indianer aus Wetter.«
Diese Bemerkung brachte Christine auf eine Idee. »Komm, wir gehen spazieren. Mal gespannt, ob uns jemand erkennt.«
Rasch zogen sie los. Christines Bruder, dem sie im Flur begegneten, heuchelte Furcht: »Hilfe, Gespenster.« Lachend liefen sie aus dem Haus. Auf der Straße war der erste Kommentar einer Nachbarin: »Na, ihr beiden habt euch aber schöne Kostüme gebastelt.«
Eine andere meinte: »Eine tolle Verkleidung, da kriegt man ja Angst. Habt ihr die Kostüme selbst geschneidert?«
Da kam Utes Oma. Ob sie die beiden gleich erkennen würde? »Ach Ute, jetzt verstehe ich, warum du so lange bei Christine warst. Da habt ihr euch ja was Schönes ausgedacht. Aber jetzt muss Schluss sein. Du hast deine Schularbeiten noch nicht gemacht.«
Die Freundinnen mussten sich wohl oder übel trennen.

»Warum hat man uns trotz unserer Masken gleich erkannt?«, fragte Ute.

Christine betrachtete nachdenklich die Papierfratze in ihrer Hand. »Wir hatten keine Kopfbedeckung. Die Haare haben uns verraten.«

»Beim nächsten Mal basteln wir uns ganz tolle Hüte, dann erkennt uns keiner.«

20.

Ute und Christine waren nur durch den Neubau voneinander getrennt. Dieses glatt verputzte Haus hob sich von den mit reichlich Stuck verzierten Häusern oder Villen deutlich ab. Für Ute war der Begriff Stuck nichts Unbekanntes. Ihr Opa aus Witten war Stuckateur gewesen und hatte der Zeit nachgetrauert, als man Häuserfassaden, aber auch Innenräume mit Stuckornamenten oder Figuren verschönerte.

Im Erdgeschoss des Neubaus war die Kantine des Stahlwerkes untergebracht. Christine nannte die etwa sechzigjährige Kantinenchefin Oma Kern. Manches Mal spazierten die beiden Mädchen in die Küche und bekamen eine Probierportion aus einem der riesigen Töpfe. Die Durchreiche gab den Blick frei in den großen Essraum. Ute guckte sich den Raum ganz genau an.

»Hast du schon gehört, die Frau Noelken will mit uns hier ein Krippenspiel aufführen?«

»Was, hier bei uns in der Kantine?«, fragte Christine. »Ein Krippenspiel? Warum nicht in der Kirche?«

Ute wusste keine Antwort darauf. »Morgen Nachmittag um drei sollen alle, die mitmachen wollen, zu Frau Noelken in die Wohnung kommen.

»Mist, morgen habe ich Klavierstunde, da kann ich nicht.« Christine schaute Ute betrübt an.

»Das ist doch kein Beinbruch, ich sage Frau Noelken, dass du auch mitspielen möchtest«, tröstete Ute ihre Freundin.

Am Nachmittag des folgenden Tages tummelten sich zehn bis zwölf Kinder in Frau Noelkens Wohnzimmer. Ute gehörte mit ihren acht Jahren zu den Jüngsten, Magda und Bernd waren mit zwölf und dreizehn die Ältesten. Um die Aufmerksamkeit auf sich zu lenken, spielte Frau Noelken ein munteres Stück auf dem Klavier. War das nicht der »Fröhliche Landmann«, den

Christine in der Klavierstunde einüben musste? Ute war schon ein paar Mal mit zum Unterricht gegangen, hatte dabeigesessen, wenn das strenge Fräulein Sperling ihrer Freundin die Freude am Klavierspielen vergällte. So, wie das Stück jetzt erklang, war es herrlich leicht und fröhlich. Sie hätte es am liebsten noch einmal gehört. Nun kam Frau Noelken aber zum eigentlichen Anlass des Treffens. Als sie das Was, Wie, Wer und Wo dargelegt hatte, las sie das Krippenspiel vor. Alle hörten aufmerksam zu. Selbst Willi, in der Schule als Zappelphilipp bekannt, war bei der Sache. Nachdem Frau Noelken die Lektüre beendet hatte, war er der Erste, der sich meldete. »Ich möchte einen Wirt spielen, dann stopf ich mir Kissen unters Hemd und sprech' mit ganz tiefer Stimme.«

Im letzten Teil des Satzes hatte er schon ziemlich tiefe Töne von sich gegeben. Die anderen mussten lachen, und Frau Noelken drückte Willi gleich einen Zettel in die Hand, seine Rolle, die sie aus dem Textbuch abgeschrieben hatte.

»Schön, das ist dann erledigt, lerne den Text möglichst schnell auswendig«, sagte Frau Noelken und wandte sich zu den anderen. »Das Wichtigste sind aber erst mal die beiden Hauptrollen – Maria und Josef.«

Sie schaute in die Runde. Ursula rief: »Das ist doch wohl klar: Magda und Bernd!«

Blitzschnell kam von den anderen das Echo: »Magda und Bernd!«

Nachdem sich die beiden Genannten zunächst ein bisschen zierten, stand die Besetzung für Maria und Josef fest. Ute fand Magda mit ihrem langen dunklen Haar und dem blassen Gesicht als Maria sehr passend. Was danach folgte, war ein bisschen langweilig. Weil Frau Noelken nicht so genau wusste, welche Rolle sie wem geben sollte, verteilte sie die Rollenzettelchen und ließ die Kinder probelesen. Am Ende herrschte allgemeine Zufriedenheit. Engel, Hirten, Bäuerinnen, Kinder und die Heiligen Drei Könige – jeder der Anwesenden hatte einen Part bekommen und wenn er nur aus einem Satz bestand. Ute durfte ein Engel sein, und auch Christine gehörte dazu.

Mit dem Auswendiglernen war es nicht so problematisch. Die

meisten hatten recht kurze Texte, bis auf »Maria«, die ziemlich lange Passagen zu bewältigen hatte. Probleme gab es bei der Ausstattung. Die »Engel« organisierten sich aus der Verwandtschaft weiße Nachthemden. Da man für die Flügel keine weiße Pappe hatte, klebten sie weiße Papierfedern auf die grauen Pappunterlagen.

»Wie richtige Federn!« Ute war begeistert. Sie dachte nicht mehr daran, wie mühsam es gewesen war, die Papierfedern Reihe für Reihe aufzukleben. Für die anderen Rollen konnten die Spieler auch irgendwie passende Kostüme besorgen: Ein Hut vom Großvater, ein Mantel vom Onkel, eine Stola von der Nachbarin – die Verkleidung war zufriedenstellend.

Jetzt musste man sich überlegen, wie die Kulissen aussehen sollten. Wunderbar eignete sich die Durchreiche. Ein Schild über dem Fenster: »Gasthof zum Hahn«, gewendet »Herberge zum Lamm«. Wenn in der Küche das Licht brannte und der Saal dunkel war, vergaß Ute beinahe, dass sie in der Kantine spielten. Für den Bau der Krippe hatte Frau Noelken eine fantastische Idee. Sie schickte alle Mitspieler in den nahen Wald zum Reisig sammeln. Sie selbst hatte mit ihrem Vater in den letzten Tagen aus dem Schnodderbach etliche dicke »Wackermänner« geholt. Ute hatte sich schon über den Steinhaufen in der Saalecke gewundert.

Aus dem Wald zurückgekommen, mussten sie die Zweige vor eine Stuhlreihe lehnen, die schräg über Eck aufgestellt war. Jetzt verstand Ute den Grund für den Steinhaufen: Die Felsbrocken wurden vor die Zweige geschoben, die so nicht wegrutschen konnten. Es sah außerdem sehr natürlich aus. Mit dem Reisig war auch das Krippenproblem gelöst: Übereinandergestapelte Zweige, ein weißes Tuch darüber – das Bett für das Jesuskind. Nun musste nur noch eine passende Puppe gefunden werden. Die Dekoration durfte bis zur Aufführung stehen bleiben, die Arbeiter, die ihre Mahlzeit hier einnahmen, wussten, was es damit auf sich hatte.

Mit all den Vorbereitungen war die Zeit rasch verflogen. Der Tag der Aufführung war gekommen. In der Diele vor der Küche warteten die Kinder auf ihren Einsatz, sie hörten, wie vom Klavier her weihnachtliche Melodien erklangen. Sie wussten – nach der Musik begann ihr Einsatz. Maria und Josef, das heißt Magda und Bernd, erschienen am hinteren Eingang und wanderten leicht gebückt einmal um das Publikum herum, dann geradeaus zur Bühne. Jetzt erst begannen sie die ersten Strophen ihres Textes aufzusagen. Es klappte alles wunderbar. Ute, die rechts hinter einem Pfeiler stand, fieberte richtig mit. Frau Kerns Sohn hatte sich angeboten, für die Beleuchtung zu sorgen. Die Durchreiche erzeugte die Illusion einer Herberge in der Nacht. Um den Zuschauern zu zeigen, dass es zwei verschiedene Häuser sind, wo Maria und Josef anklopfen, schimmerte das Licht einmal gelb und beim zweiten Mal rötlich.

Ute verfolgte gespannt, wie Willi, der zweite Wirt, seinen Text aufsagte. Er sollte Mitleid mit den beiden haben und wollte sie gerade hereinlassen, als das Fenster der Durchreiche hochgeschoben wurde. Es krachte heftig – und aus dem Fenster guckte Edith, die Frau des Wirts. Ein Kopftuch verbarg ihre blonden lockigen Haare. Knallrote Wangen ließen ihr Gesicht ganz unnatürlich aussehen, aber besonders entstellte sie ein kleines Stückchen schwarzes Papier auf einem der oberen Schneidezähne. So hatte sie während der Proben nie ausgesehen. Willi guckte sie ganz verdutzt an.

»Du alter, fauler Lumpensack – was sprichst du mit dem Bettelpack?« Edith schrie die Worte heraus. Es klang richtig bösartig.

Willi stand da mit offenem Mund und hatte in dem Moment seinen Einsatz vergessen. Ute, die das ganze Stück auswendig konnte, flüsterte in Willis Richtung. »Ja, liebe Frau, ich seh's ja ein ...«

Willi war wieder in seiner Rolle und verschwand dann im Haus. Hier kam Utes eigentlicher Einsatz:

»Maria und Josef, so kommt mit mir,
den Weg will ich zeigen, zum Stall ich euch führ'.
Die ihr bei Menschen kein Obdach find',
sollt weilen in Frieden bei Esel und Rind.«

Darauf folgte der feierliche Teil der Aufführung. Als Maria und Josef in den Stall traten, ging hinter dem Reisig ein Licht an, der Ort wirkte richtig einladend. Magda hatte wieder einen langen Text aufzusagen mit »Schlaf« und »Traum«. Es war für ein paar Sekunden dunkel im Saal, als sich die hintere Tür öffnete und die übrigen »Engel«, jeder mit einer brennenden Kerze in der Hand, rechts und links am Publikum vorbei auf die Bühne zugingen. Der Krippenraum erhellte sich weiter, und in der Mitte auf einem Reisigbündel lag, bis auf das Gesicht in weiße Tücher gehüllt, die Puppe, die das Jesuskind darstellte. Leise ertönte vom Klavier »Ihr Kinderlein kommet«. Alle Mitspieler und dann auch die Zuschauer sangen mit.

In der zweiten Hälfte gab es dann eine regelrechte Prozession durch den Zuschauerraum zur Krippe. Es hatte sich in den letzten Wochen herumgesprochen, was man in Oberhoffs Kantine veranstalten wollte. Etliche Kinder wollten noch mitmachen, und so gab es viele stumme Rollen wie Bäuerinnen, junge Hirten und Begleiter der Könige. Begeistert dabei waren auch die vier Schmidt-Jungen, die versteckt hinter der Reisighecke in unregelmäßigen Abständen »Muh« und »I-ah« schreien mussten. Bis zum Schluss lief alles ohne Zwischenfall, und während das Publikum noch klatschte, lief Ute zu ihren Lieben, die ziemlich weit hinten gesessen hatten. Sie konnte gerade noch »Wie war's?« fragen, als sie auch schon von Frau Noelken zur Bühne gerufen wurde. Das Publikum wollte den dunkelhaarigen Engel, der Maria und Josef bei der Hand genommen hatte, noch einmal beklatschen.

21.

In der nächsten Zeit traf sich Ute seltener mit ihren Freundinnen. Christine und neuerdings auch Lena mussten nachmittags ganz regelmäßig »Klavier üben«, und meistens waren sie auch noch nicht mit den Hausaufgaben fertig, wenn Ute anklingelte. Aber sie konnte sich auch sehr gut alleine beschäftigen. Die Papierkrippe für Frau Bergner war der Anfang für Utes räumliche Bilder gewesen. Vor einiger Zeit hatte sie damit begonnen, Märchenszenen dreidimensional darzustellen. Sie hatte fleißig Schuhkartons gesammelt. Bei der Wittener Verwandtschaft gab es die größte Ausbeute. Ein fertiges Kunstwerk stand schon auf der Fensterbank: Hänsel und Gretel. Voller Stolz betrachtete Ute es immer wieder. Sie vergaß fast, dass Mama ihr kräftig dabei geholfen hatte. Die Bäume zeichnen, anmalen, ausschneiden und aufkleben, das überstieg Utes Geduld. Das Knusperhäuschen war auf die Rückwand des Kartons geklebt. Auf den braunen Grund hatte Ute dann die einzelnen Lebkuchen gepappt, die sie ganz selbstständig hergestellt hatte: braune Vierecke und Herzen mit weißen und rosafarbenen Verzierungen. Den nächsten Karton wollte sie ganz ohne Hilfe schaffen. Sie wandte sich an Mama: »Welches Märchen würdest du mir vorschlagen?«

Nach einigem Hin und Her war Ute mit dem Vorschlag, »Sterntaler« zu basteln, einverstanden. Als sie fertig war, wurde die Schachtel von allen bewundert, vor allem die goldenen Sterne, auf halbem Wege zu Talern geworden, die an Nähgarnfäden über dem kleinen Mädchen baumelten. Mama, die sich sonst kaum in Utes Beschäftigungen einmischte, gab Anregungen zu weiteren Märchenkästen und half auch gerne mit. Mit Heftklammern verbunden, stand da nach einigen Wochen ein richtiges »Märchenhaus«. Ute war ganz stolz: »So etwas hat niemand. Das muss ich unbedingt den anderen Kindern zeigen.«

Das »Werk« wurde aber zunächst in die Ecke geschoben, da sich Ute anderen Dingen zuwandte. Sie durfte mit Großvater in seine neue Werkstatt gehen, die am anderen Ende von Wetter lag, daher war Ute bisher nicht dort gewesen. Als sich die beiden dem Gebäude näherten – es lag im Garten eines mehrstöckigen Hauses im Baumhof –, traute sie ihren Ohren nicht. Statt Stanz- oder Schleifgeräuschen ertönte »Ei, ei, ei Maria, Maria aus Bahia«.

Wo mochte die Musik herkommen? Ute drehte sich staunend um. Auch Opa schien vor einem Rätsel zu stehen. Ute mochte den Schlager, der in den letzten Wochen häufig aus dem Radio drang. Als sie sich der Tür näherten, verstummte die Musik plötzlich. Sie traten in den Vorraum. Von rechts her hörte man Schreibmaschinengeklapper, von links ein seltsames Surren, das von einer Maschine herrühren musste. In dieser Halle wurden Opas »berühmte« Kombizangen produziert. Während er mit dem einen oder anderen Arbeiter sprach, guckte sich Ute im Raum um. Im Moment interessierten sie die Zangen nicht so sehr. Ihr Blick blieb an dem Plattenspieler hängen, der auf der Werkbank in der Ecke stand, der Deckel noch hochgeklappt. Die Sekretärin kam herein, Großvater um eine Unterschrift bittend. Ute kannte die junge Frau vom Ansehen, und so fiel ihr gleich ihr gerötetes Gesicht auf.

Die haben die Platte vorhin bestimmt zum Tanzen aufgelegt, ging es Ute durch den Kopf. »Ei, ei, ei Maria« konnte man nicht nur anhören, man musste dazu Samba tanzen, das hatten sie und Christine beim Sommerfest im Scheder Wald gespürt. Auf einer kleinen Lichtung war eine hölzerne Tanzfläche entstanden, auf der sich Jugendliche und junge Erwachsene schon am frühen Nachmittag nach der Musik einer kleinen Kapelle im Rhythmus bewegten. Am beliebtesten war zurzeit die Samba. Auch beim »Am Zuckerhut, da geht's den Señoritas gut« schwappte die Begeisterung jedes Mal hoch. Ute und Christine, außerhalb der Tanzfläche kritische Beobachter spielend, was Aussehen und Können der Tanzenden betraf, hüpften zu den Sambaklängen hin und her, Arme und Beine abwechselnd vor- und zurückstreckend, wie sie es beobachtet hatten.

Diese Erinnerung ging Ute gerade durch den Kopf, als die Sekretärin auf Opa zuging. Der schaute gar nicht auf, als er seine Unterschrift unter das Papier setzte. Ob er auch mitbekommen hatte, was hier los war? Ute war nicht sicher. Sie konnte sich schon denken – Platten hören und dazu tanzen, das war bestimmt bei der Arbeit nicht erlaubt. Sie sprach aber mit Großvater nicht darüber und nahm sich vor, auch sonst niemandem davon zu erzählen. Auf dem Heimweg spendierte Opa ihr einen großen roten Dauerlutscher für zehn Pfennig. Lutscher gab es ohne Lebensmittelmarken. Für die guten Himbeer- und Karamellbonbons, von denen Frau Egen Ute regelmäßig einige zusteckte, benötigte man welche.

»Wenn es wieder alles frei zu kaufen gibt«, Opas Stimme klang ein bisschen wehmütig, »dann kaufe ich dir ein ganzes Pfund Bonbons.«

Bei dem Gedanken an solche Aussichten, begann Ute über das ganze Gesicht zu strahlen, und auch Großvaters Züge erhellten sich ein wenig. Ute war Großvaters einzige Enkelin und er bereitete ihr gern eine Freude. Der Roller, den er ihr aus Holz und Metall in seiner Werkstatt gebaut hatte, erregte auf der Wittener Straße ziemliches Aufsehen: Silbern blinkten Räder und Lenkstange, das Holz war rot gestrichen. Ute fuhr damit auch häufig die Straße auf und ab, wenn mal keines der Kinder draußen war. Zuletzt hatte Opa ihr einen Ring aus Eisen angefertigt. Eine blaue Porzellanscherbe war darin als Stein eingearbeitet. Für Utes zarte Finger war der Ring viel zu schwer, das minderte aber ihre Freude daran nicht im Geringsten. Er bekam in einem mit Watte ausgepolsterten Schächtelchen einen Ehrenplatz in Utes Schatzsammlung, einer Reihe von Steinen und Muscheln, die auf Omas Kommode liegen durften.

Es gab so viele Ecken in der Wohnung, in der Ute sich mit Puppen samt Zubehör oder auch mit Büchern wunderbar beschäftigen konnte. Meistens war sie in der Küche, in der Oma hantierte, aber wenn sie sich ein Buch nahm und still las, durfte sie auch bei Mama im Esszimmer sitzen. Zum Lesesessel im Erker war der Durchgang sehr schmal geworden, seit der Esstisch an beiden Seiten ausgezogen und quer im Raum stand. Alte Betttücher bedeckten das dunkle Eichenholz, und vor Mama lagen aufgereiht wohl zehn Blätter mit dem von einem Blütenkranz umgebenen Spruch »Ich schlief und träumte, das Leben wäre Freude ...« Im Augenblick war sie damit beschäftigt, die mit dünner Feder gezeichneten Blumen zu kolorieren.

22.

Ute durfte Mama während der Arbeit nicht stören, aber diese Neuigkeit musste sie ihr doch unbedingt mitteilen: »Mama, stell die vor, wir fahren mit unserer Klasse ins Sauerland, zur Hohen Bracht.«
Utes Mutter reagierte erstaunlich erfreut. »Ich habe eine Briefkarte für Papa in Russland angefangen. Willst du ihm auch etwas dazuschreiben, zum Beispiel über diesen Ausflug?«
Ute schaute auf die Karte. Mama hatte mit extrem kleiner Schrift und mit dünner Feder bereits die halbe Seite gefüllt. Mit spitzem Bleistift schrieb Ute nun die kleinsten Buchstaben, die sie je zu Papier gebracht hatte: »Lieber Papi! Wir fahren mit dem Autobus mit Lehrer Hinz ins Sauerland. Komm bald nach Hause. Deine Ute.«
Zum Schluss malte sie noch einen winzig kleinen Bus.
Vor dem Ausflugstag lagen noch zwei lange Wochen. Die Schüler sollten selbst zur Gestaltung der Fahrt beitragen, und so hatte Lehrer Hinz ein paar von ihm verfasste Zettel verteilt, die bis zur Fahrt auswendig gelernt werden mussten. Ute bekam einen Text, in dem es um eine Auseinandersetzung zwischen Kaiser Otto I. und dem Grafen von Arnsberg ging. Auf der Suche nach einem geeigneten Platz für eine neue Burg flog dem Kaiser ein aufgescheuchtes Rebhuhn schutzsuchend in den Schoß. Er sah es als Zeichen und beschloss, an dieser Stelle die Burg zu bauen. Als der Graf von Arnsberg davon erfuhr, ließ er dem Kaiser ausrichten: »Ihr baut mir allzu nah.« In der alten Zeit lautete das so ähnlich wie: Al-te-na. Der Kaiser kümmerte sich nicht um diesen Protest und nannte seine Burg »Altena«.
Opa war der geduldigste Zuhörer in der Familie, und so verfolgte er die Sage von der Entstehung der Burg Altena immer wieder, bis Ute sie ohne Stocken auswendig aufsagen konnte.
Am lang ersehnten Tag dämpfte ein wolkenverhangener Him-

mel die Freude ein wenig. Als dann bei »Pater« und »Nonne«, den charakteristischen Felsformationen bei Lethmathe, und auch in Altena der Regen nur so auf das Busdach prasselte, hörte man sich die Beiträge im Bus an, zumal Lehrer Hinz auch an die Schuhe der Kinder dachte, da war bestimmt das ein oder andere Loch in der Sohle. Auf der Hohen Bracht ließ sich die Sonne blicken, und die Aussicht, die man vom Turm genoss, war wegen der Wolkenfetzen über den Bergen umso eindrucksvoller. Auf der Terrasse vor dem Turm gab es anschließend eine leuchtend rote Limonade. Himbeersaft war geradezu dunkel verglichen mit diesem Rot. Die Gläser wirkten im Sonnenlicht wie unzählige rote Lämpchen. Auf der Rückfahrt sangen alle ohne Unterlass. Neben den Liedern aus der Schule erschallte immer wieder nach der Melodie von »Das Wandern ist des Müllers Lust« »Vom Wandern geh'n die Schuh kaputt – darum nehm' wir Hoffmanns Autobus«. Es gab nur eine Strophe, man wurde aber nicht müde, sie lauthals herauszuschmettern. Zum Schluss hatte man auch Lehrer Hinz angesteckt. Lächelnd sang er mit.

Ute hatte während der Fahrt begeistert mitgesungen. Mit fast sechzig anderen zusammen machte es auch viel mehr Spaß, als allein zu Hause herumzuträllern. Sie musste an Pisek denken und sah sich mit Mama am Kasernenfenster. Unten auf der Straße marschierte Papa mit seiner Kompanie vorbei. Meistens begann hier der Gesang, die ersten Strophen der Lieder hatte Ute schnell aufgeschnappt. So tönten »Erika«, die »Sonne von Mexiko« und »Das Leben ist ein Würfelspiel« nicht nur von der Straße her, sondern auch aus einem Kasernenfenster, gesungen von einem fünfjährigen Mädchen.

Das Größte war, als sie an Papas Hand vor der Kompanie »mitmarschieren« durfte. Mama und sie waren auf dem Weg vom Hotel zur Kaserne, als ihnen Papa und seine Soldaten entgegenkamen. Mama wollte Ute noch zurückhalten, als sie auf Papa zu rannte. Der aber ergriff Utes Hand, und sie war selig, mit den Soldaten gemeinsam zu singen: »Das Leben ist ein Würfelspiel.« Bis zur Ottau ging es hinunter. Papa und seine Soldaten bauten hier an einer Brücke aus Fässern, und Mama, die den ganzen Weg nebenher gelaufen war, freute sich über die Rast an diesem schönen Platz am Flussufer. Von diesem Tag an hatte Papas Kompanie in der Kaserne den Spitznamen »Familie Gehring«.

Der Bus mit den singenden Kindern fuhr mittlerweile durch Hagen. Ute schaute aus dem Busfenster – bald würden sie in Wetter sein.

Die Wirklichkeit hatte sie wieder.

23.

Ute entsann sich auch noch an die Zeit in Wetter, bevor sie zu Papa nach Pisek gefahren waren. Oft, wenn sie mit Oma in den Keller ging, um ein Glas Eingemachtes oder Schnibbelbohnen aus dem großen braun glasierten Steintopf zu holen, fiel ihr Blick auf einen alten Tisch an der Wand. Im Krieg war daraus mit Decken und Kissen ein Bett für Ute bereitet worden. Bei Bombenalarm saßen Oma, Opa und Mama auf den wackligen metallenen Gartenstühlen und flüsterten nur, so schlief sie stets schnell ein. Am nächsten Morgen fand sie sich dann in ihrem Bett in der Wohnung wieder. Beim Fliegeralarm gab es mehrere Stufen, nur bei der ersten durften sie in den Keller, sonst ging es mit bereitstehenden Taschen und Koffern in den Bunker schräg gegenüber. Ute ergriff stets ihren großen weichen Teddy und drückte ihn ganz fest an sich, wenn sie auf der langen Bank, in eine Wolldecke gehüllt, in dem feuchten Bunker saß. Dieses Bild trat Ute immer wieder vor Augen, wenn sie auf dem Wiesenstück vor dem Bunker herumstromerte. Die rostige Eingangstür war mit Brombeerranken beinahe zugewuchert. Ein paar sich stark fühlende Jungen von der Wittener Straße hatten einmal vergeblich versucht, die Tür zu öffnen. Ute mochte das Innere des Bunkers ohnehin nicht sehen. Was erwartete sie da drinnen? Spinnen und Fledermäuse? Sie schauderte. Aber auch eine andere Erinnerung an den Bunker ließ Ute nicht los. Einmal waren sie ziemlich hastig aufgebrochen. Oma, Opa und Ute standen schon vor der Bunkertür, als sie von der Straße her Hilferufe hörten. »War das nicht Mamas Stimme?« Vom Luftschutzwart wurden sie unsanft in den Bunker geschoben. »Beeilung, keine Zeit verlieren! Wir müssen die Tür gleich schließen.«

»Aber meine Tochter ...« Opa hatte Mühe, wieder in Richtung Ausgang zu gelangen. Ute weinte fürchterlich. Da kam

Mama herein, einen jungen Mann neben sich, der ihren Koffer trug. In der Eile hatte sie ihren Koffer wohl nicht richtig verschlossen, kurz vor dem Ziel war er aufgesprungen, der kostbare Inhalt auf der Straße.

»Wenn dieser nette junge Mann nicht gekommen wäre ... Trotz des Sirenengeheuls hat er mir geholfen, die Sachen einzusammeln.« Wie Mamas Koffer aufging und sich der Inhalt auf der Erde verstreute – das hatte Ute nicht mit eigenen Augen gesehen. Bei der großen Dunkelheit konnte man vom Bunkertor aus nicht erkennen, was unten auf der Straße passierte. Seltsamerweise hatte Ute immer ein Bild vor Augen, wie Mama und der junge Mann die Sachen von der Straße aufsammelten.

Ute freute sich, dass jetzt Frieden war, obwohl sie sich diesen Frieden ganz anders vorgestellt hatte. Ihr Papa war immer noch in Russland und die Zerstörungen, die der Krieg angerichtet hatte, waren nicht zu übersehen. In Witten und Hagen ragten in vielen Straßen Häusermauern aus den Trümmerhaufen empor. Ute bemerkte kaum Veränderungen, bis auf die vielen Schilder vor den Ruinen: »Vorsicht!«, »Achtung Einsturzgefahr!« Wenn Verwandte aus Essen oder Wuppertal vorbeikamen, hörte sie immer das Gleiche: »Ihr in Wetter habt ja ein wahnsinniges Glück gehabt. Trotz der Fabriken kein Bombenangriff.«

Das wusste Ute ja schon seit ihrer Rückkehr aus Pisek. Sie hörte auch immer wieder von der katastrophalen Versorgung mit Lebensmitteln. Auch das war in Wetter nicht ganz so schlimm wie in den großen Städten. In den Kleingärten gab es zahllose Hühner- und Kaninchenställe, Blüten quollen aus Balkonkästen oder Blumentöpfen. Überall wucherte Nützliches, kaum reine Zierpflanzen. Ute hatte aber auch schon bemerkt: Ihre Großmutter war eine Zauberin, was das Zubereiten leckerer Gerichte betraf. Vor allem Tante Grete bewunderte Omas Kochkünste. Zu Reibekuchen mit Rübenkraut eingeladen, bestaunte sie den leckeren Sirup. »Wo hast du den erstanden, Adele? In Witten gibt's so etwas nicht.«

»Alles selbst gemacht.«

Ute sprudelte nur so damit heraus, was für eine Arbeit das gewesen sei. »Beim Schnipseln der Rüben habe ich geholfen und ...«

»… dir in den Finger geschnitten«, unterbrach Oma.
»War ja nur ein kleiner Ritz.« Ute fuhr fort, Tante Grete die Zubereitung des Rübenkrauts zu beschreiben. »Die Schnipsel mussten dann ewig lange kochen, Oma hat immer Schaum abgeschöpft, du glaubst gar nicht, wie das gestunken hat, zwar süßlich, aber irgendwie widerlich. Der Geruch ist durchs ganze Haus gezogen.«
Tante Grete hörte Ute gerne zu. »Aber jetzt duftet das Kraut sogar und schmeckt köstlich.«
»Ja, köstlich, bitte Oma, noch einen Reibekuchen.« Ute lachte verschmitzt.

Durch Opas Tauschgeschäfte mit seinen Kombizangen gab es zuweilen etwas, das man in den Geschäften vergeblich suchte, zum Beispiel Omas geliebten Bohnenkaffee. Omas Gesicht strahlte wie selten, wenn Opa hereinkam, die Kaffeetüte vor sich herschwenkend.
»Stell dir vor, ein halbes Pfund.« Opas Worte waren bis zu Mama ins Malzimmer gedrungen. »Jetzt eine Tasse echten Bohnenkaffee, das würde mir gut tun«, sagte sie.
Auch sie war verrückt nach diesem bitteren Getränk. Aber der Duft, der dem frisch gekochten Kaffee entströmte, war ganz angenehm. Ute schnupperte wie ein kleiner Hund. Manchmal brachte Opa zum Kaffee auch eine Dose Kondensmilch mit und Ute durfte einen oder zwei Teelöffel voll davon probieren. Genüsslich ließ sie die dickliche, süße Flüssigkeit über die Zunge gleiten.
»Ich möchte mal eine ganze Dose Milch alleine austrinken.«
Mit dieser Vorliebe stand Ute nicht alleine da. Ihr Vetter Hans-Werner hatte sich eine Dose Milch zum Geburtstag gewünscht. Den Wittener Verwandten ging es nicht so gut. Opa Witten, der auch gut organisieren konnte, war gestorben und Onkel Erich, Tante Hertas Mann, war vermisst. Es gab seit Kriegsende kein Lebenszeichen von ihrem Onkel, und Tante Herta weinte nur, wenn jemand fragte, ob sie eine Nachricht von Erich hätte.
Post von Utes Papa kam jetzt ziemlich regelmäßig. Nur eine Briefkarte war stets erlaubt und die füllte er – er schrieb mit ganz dünner Feder – mit winzigen Blockbuchstaben. Mama las ihr nur

selten ein paar Sätze daraus vor, dann verschwanden die Karten in einem Geheimversteck.

Wenn Ute mit Mama zu den Wittenern fuhr, brachten sie ihnen immer etwas Essbares mit. Einmal jedoch war Mama gar nicht gut auf die Verwandten zu sprechen. Oma Witten hatte ihr Geschenk – ein Säckchen Mohn – mit den Worten abgetan: »Was sollen wir denn damit anfangen?«
Ute war auch erstaunt. Hatten die Wittener denn noch nie Oma Adeles Mohnrolle probiert? Wussten sie gar nicht, wie mühsam es gewesen war, zu diesen Mohnkörnchen zu gelangen? Der halbe Garten erstrahlte im letzten Jahr von den wunderschönen rosa-lilafarbenen Mohnblüten. Die Leute waren am Zaun stehen geblieben, um die Pracht zu sehen. Nach der Ernte mussten die Kapseln zunächst trocknen. Auf allen Schränken lag eine Zeit lang Mohn. Als er Omas Meinung nach trocken genug war, hatte man gemeinsam die grauen Körnchen aus den geöffneten Kapseln geschüttelt und sie in Baumwollsäckchen gefüllt. Fünf Säckchen waren zusammengekommen, eins davon wanderte nun zurück in Mamas Tasche. Ute hörte Mama sagen: »Kommt doch nächsten Sonntag zu uns, dann zeigt euch Adele, was man mit Mohn machen kann.«

Einen kleinen Beitrag zur Bereicherung des Speiseplans leistete auch Ute. Sie durfte mit Frau Bergner und ihren schlesischen Bekannten »in die Beeren«. So früh war sie noch nie unterwegs gewesen. War das der Scheder Wald, in dem sie neulich Schnitzeljagd gespielt hatte? Er schien so verwandelt. Der leichte Dunst, der vom Boden aufstieg, die ersten Sonnenstrahlen – und dazu der Gesang der Frauen. Ute gefielen die Lieder, es waren gesungene Geschichten. Auch Frau Bergner kannte jedes Lied und jede Strophe, die musste sie ihr zu Hause unbedingt noch einmal vorsingen. Man kannte die abgelegensten Plätze mit Ranken voll von Himbeeren, mit denen die mitgebrachten Gefäße gefüllt wurden. Die Brombeeren brauchten noch ein wenig Zeit bis zur Reife, so würde es demnächst nochmals so einen schönen Ausflug geben. Doch es wurde leider kein zweites Mal – die Sommerferien waren zu Ende.

Nach langer Zeit sah sie ihre Freundin Christine wieder. Die war ganz braun gebrannt und erzählte von der Nordseeinsel Juist, wo sie mit der ganzen Familie die Sommerferien verbracht hatte. Ute hatte auch schon einmal Urlaub gemacht: in Vehrte, einem kleinen Ort bei Osnabrück, kurz bevor sie nach Pisek fuhren. Ihre Unterkunft war ein großes Backsteinhaus inmitten riesiger Gärten, Wiesen und Felder gewesen. Mama hatte gesagt, das sei ein Gutshof. Den Speisesaal hatte Ute noch deutlich vor Augen: Möbel und Wände aus dunkelbraunem Holz und an den Wänden goldgerahmte Ölgemälde. Wenn sie darüber nachdachte, was es zu essen gegeben hatte, so fiel ihr nur Rübenkraut ein — morgens und nachmittags: Brot und Rübenkraut so viel man wollte. Lediglich die Butter war rationiert. Sie entsann sich, wie sie mit einem Spielkameraden hauptsächlich nachmittags Rübenkrautschnitten um die Wette gegessen hatte.

In ihrer Erinnerung war das Wetter die ganze Zeit schön. Auf einer bunten Blumenwiese hatte sie oft mit den anderen Gästekindern gespielt. Vor allem musste sie an Tanja denken. Tanja war ein kleines braunhaariges Mädchen aus Russland. Sie sprach nur ein paar Worte Deutsch, konnte sich aber mit den anderen Kindern wunderbar verständigen. Ute sah sie noch vor sich, Sauerampferblätter in den Mund steckend. »Schmeckt gut.« Alle hatten es ihr dann nachgemacht und auf den säuerlichen Blättern herumgekaut. Manchmal erschien mitten im herrlichsten Spiel Tanjas Mutter, ergriff den Arm ihrer Tochter und zog sie in Richtung eines der Nebengebäude, in dem die Russen wohnten. Ute fand das gar nicht schön. »Mama, warum darf Tanja nicht immer mit uns spielen?«

Utes Mutter zögerte mit ihrer Antwort: »Weißt du, die Russen sind zum Arbeiten auf den Feldern hier, und wir sind Hotelgäste. Der Gutsherr sieht es nicht gerne, wenn sie hier in den Garten kommen.«

»Aber Tanja ...« Ute war mit der Antwort nicht zufrieden, merkte jedoch an Mamas abgewandtem Blick, dass es eine weitere Erklärung nicht geben würde. Heute mit ihren acht Jahren wusste Ute, dass die Russen und die Deutschen im Krieg gegeneinander gekämpft hatten. Als die Deutschen zunächst siegreich waren, hatten sie Russen gefangen genommen und zur Feldarbeit gezwungen. Am Ende war Deutschland besiegt worden, und so wurde jetzt Utes Papa in Russland gefangen gehalten und musste für die Russen arbeiten, in einem Stahlwerk in Rostow am Don.

24.

Ute ging nach den großen Sommerferien zwar wieder gern zur Schule, aber es gab vieles, was wesentlich interessanter war. Im Lichtburg-Kino gab es zweimal wöchentlich eine Kindervorstellung. Wenn Christine die Erlaubnis bekam, durfte auch Ute ins Kino gehen, und so sah man die beiden Freundinnen ziemlich häufig in Richtung Lichtburg ziehen, wenn wieder ein neuer Film angezeigt wurde. Während des Films schauten sie gebannt und schweigend auf die Leinwand, nur einmal – es war bei »Der kleine Muck« – platze es aus Ute lauthals heraus: »Das ist ja der gleiche Film, den ich in Pisek gesehen habe!«

Während um sie herum das ein oder andere »Psst!« zu hören war, saß Ute plötzlich zwischen Pelle und Polle in Pisek im Kino. Die beiden waren aus Papas Kompanie. Ihre echten Namen hatte Ute nie erfahren. »Pelle« war ein schmaler Typ, »Polle« hatte ein rundliches Gesicht. Sie mochte die beiden sehr, und beim Kinobesuch freute sie sich, dass die beiden auch Spaß an den Filmen hatten. Das Kino lag im Zentrum von Pisek, die Filme in tschechischer Sprache liefen mit deutschen Untertiteln. Pelle und Polle versuchten, Ute diese vorzulesen, aber sie winkte ab! Sie kannte die Märchen und verstand den Film auch ohne Text. Eine andere Erinnerung blitzte auf. Einmal hatte sie mit Mama und Papa zusammen einen Film gesehen – in einem großen Saal in der Kaserne. Sie hatte die Geschichte überhaupt nicht verstanden, aber in Erinnerung blieb ihr ein Lied »In der Nacht ist der Mensch nicht gern alleine ...« Dieses Lied hatte sie dann immer mit Mama gesungen, wenn sie abends von der Kaserne ins Hotel zurückkehrten.

In Wetter gab es noch ein zweites Kino – das Corso. Hier fanden in unregelmäßigen Abständen auch Theateraufführungen statt. Einmal gab es sogar Varieté.

»Mama, was ist Varieté?«, fragte Ute.

»Das heißt Verschiedenes, Zauberkünstler, Clowns, Artisten und vieles mehr.« Obwohl Mama erklärt hatte, es handelte sich um eine Abendvorstellung und sei nichts für Kinder, ließ Ute nicht locker: »Echte Zauberer? Das möchte ich unbedingt sehen!«

Sie war so hartnäckig, dass Mama am Ende nachgab und sie mitdurfte. Diese machte sich für den Abend ganz schick. Sie hatte sich bei ihrer Schneiderin, Frau Stein, ein neues Kostüm nähen lassen – das trug sie nun zum ersten Mal. Ute sollte ebenfalls etwas Besonderes anziehen. Das grasgrüne Strickkostüm sollte es sein. Unter Frau Bergners flinken Händen war es in den letzten Wochen entstanden. Ute konnte es nicht besonders leiden – erstens kratzte die Wolle, zweitens hatte es mit dem auf die Revers gestickten Edelweiß ein bayerisches Aussehen. Als sie es letzten Sonntag zum ersten Mal trug, hatte ein Junge zu ihr gesagt: »Na, jodel doch mal«, und ein anderer: »Du hast deinen Tiroler Hut vergessen.«

Als Mama ihr dann noch mit Zuckerwasser die Haare zu Locken drehte, bereute sie beinahe den Entschluss, ins Varieté gehen zu wollen. Sie biss jedoch die Zähne zusammen. Von Oma bewundert, zogen sie los.

Das Programm entschädigte Ute hundertmal für die kleine Verstimmung. Die Zauberei faszinierte sie am stärksten. Das musste sie morgen unbedingt ihrer Freundin Christine erzählen. Aus Ärmeln, Taschen und seinem Zylinder zog der Magier immer neue Gegenstände oder Tiere. Er sprang von der Bühne und schlenderte durch die ersten Reihen. Einem Zuschauer zog er eine Münze aus der Nase, einem anderen einen Papierblumenstrauß aus der Jackentasche. Bei ihnen vorbeikommend zog er Mama ein Ei aus dem Ohr. Zwei lange herrliche Stunden! Am Ende war Ute völlig erschöpft. Trotzdem konnte sie an diesem Abend lange nicht einschlafen. Sie schloss die Augen – die Vorstellung ging weiter – es leuchtete in allen Farben, es glimmerte silbern: Musik, Tanz und Zauberei. Im Traum ging es von Neuem los.

25.

Ein Ereignis für alle Kinder der Stadt war die Kirmes auf dem Wetterschen Marktplatz. Selbst ohne Geld konnte man die Nachmittage dort herrlich verbringen, vor allem vor den Buden, die außergewöhnliche Sensationen versprachen. Durch das Mikrofon lockte eine knarzende Stimme die Besucher schon von Weitem. Auf der schmalen Bühne präsentierte der Sprecher Kostproben dessen, was sie im Inneren erwartete. Mit vor Staunen offenem Mund beobachtete Ute einen Seiltänzer, der in der Luft weiterspazierte, als sein Seil plötzlich verschwunden war, und eine Frau, die sich schwebend auf und ab bewegte. Christine, die neben ihr stand, war auch ganz hingerissen: »Da müssen wir unbedingt rein!«

Sie zählten die restlichen Groschen und drängten zum Schalter, wo ein ganz kleiner Mann die Eintrittskarten verkaufte.

»Wie alt seid ihr?« Seine Stimme klang ziemlich hoch.

»Acht.« Zögerlich kam es aus beider Münder. Sie ahnten nichts Gutes.

»Eintritt erst ab zwölf Jahren!«

Betrübt machten sie sich auf den Heimweg, nicht ohne die große zeltartige Bude einmal umrundet zu haben. Nicht einen Blick hatten sie erhaschen können. Der Innenraum war vollständig mit Vorhängen abgedichtet.

Doch lange hielt die schlechte Laune der beiden nicht an. Sie schmiedeten einen Plan mit dem Ziel: eine eigene Vorstellung! Der Teil des Dachbodens, in dem Christine spielen durfte, war durch ein Aktenregal geteilt und bot so die ideale Voraussetzung für ihr Vorhaben. Christines kleines Pult wurde zur Kasse. Hier, im helleren Teil des Raumes, sollten die Zuschauer stehen, die dunklere Hälfte musste als eigentlicher Vorstellungsraum dienen. Utes Beitrag waren zwei Betttücher und zwei Sofakissen, den Rest musste die Freundin organisieren. Mit Hilfe ihres Bruders, dem die Umtriebigkeit der beiden Mädchen nicht entgangen war, verhüllten im Nu weiße Betttücher das untere Drittel der Aktenregale. Eine Wolldecke auf dem Boden bildete das Podium für die Künstler: Utes und Christines Puppen. Recht mühsam gestaltete sich die Anfertigung der Kostüme aus Krepppapier. Anschließend befestigten die beiden weißes Nähgarn um die Gliedmaßen der Puppen. Am Ende ein Hölzchen an die Fäden gebunden – so konnte man mit ihnen spielen wie mit echten Marionetten. Das Sensationelle jedoch war: Man sah vor dem Betttuchhintergrund die weißen Fäden kaum, und es entstand die Illusion von schwebenden Körpern. Die Mädchen waren von ihrem Werk begeistert. »Wie haben die das wohl auf der Kirmes gemacht?«

»Bestimmt nicht mit Fäden – dünne wären gerissen, dicke hätte man gesehen.«

Christines Bemerkung setzte einen Punkt hinter die Überlegungen. Sie wandten sich der eigenen Vorstellung zu und übten ein bisschen mit den Puppen. »Noch toller wär's, wenn man uns selbst nicht sehen würde.«

Ute guckte Christine nachdenklich an. »Morgen fragen wir Claus. Wir können hier oben alles so lassen.«

Sie merkten, einiges musste noch getan werden, bevor die Schau vor Publikum präsentiert werden konnte.

Am nächsten Tag hatte Christine Klavierstunde und danach begann das Wochenende, das die Freundin immer mit der Familie verbrachte. Aber Langeweile kannte Ute nicht. Außerdem wuchs ihr Spaß am Lesen von Buch zu Buch. Nachdem ihr »Heidi« von Johanna Spyri so gut gefallen hatte, suchte sie mit Oma in der Leihbücherei nach weiteren Geschichten dieser Schriftstellerin. Aber weder »Cornelli wird erzogen« noch »Gritlis Kinder« gefielen ihr so gut wie »Heidi«. Da las sie ihr Lieblingsbuch lieber zum dritten Mal.

Am letzten Tag der Kirmes ging Opa noch einmal mit ihr über den Platz. Zielgerichtet steuerte sie mit ihm auf die große Losbude zu. Opa war beim Loskauf immer sehr großzügig, jedes Mal hatte sie auch eine Kleinigkeit gewonnen: eine Trillerpfeife, ein Jojo oder ein kleines Schnullerfläschchen mit Liebesperlen. Heute durfte sie zehn Lose ziehen. Sie wühlte in dem Eimerchen herum – jedes Los wurde einzeln herausgefischt: Neun Nieten und eine Zahl! Missmutig reichte sie ihr aufgerolltes Stückchen Papier dem Mann mit dem Mikrofon, der im selben Moment Sätze rief wie: »Und schon wieder ein Hauptgewinn! Kommen Sie, meine Herrschaften!« Zu Ute gewandt sagte er: »Komm mal hoch, kleines Fräulein.« Traumwandlerisch stieg sie eine Seitentreppe hoch. Sie und ein Hauptgewinn? Es war so seltsam, hier oben zu stehen und von allen angeguckt zu werden. Während er noch redete, kramte der Mann in einem großen Karton: Zum Vorschein kam eine Anzahl kleiner Kochgefäße, die auf einem Pappendeckel befestigt waren. Utes Augen leuchteten. Nun konnte sie für ihre Puppen richtig kochen. Sie bedankte sich artig, und unter den Augen etlicher neidischer Zuschauer eilte sie zurück zu Opa. Zuhause mussten alle gleich Utes Schatz bewundern: die Töpfe, die Bratpfanne, das Teekesselchen – sogar ein kleines Sieb war dabei.

»Da die Sachen aus Aluminium sind, können sie auch ein bisschen Hitze vertragen«, sagte Opa.

Mit Metall kannte er sich aus. Oma hatte die ganze Zeit einen sonderbaren Gesichtsausdruck, dann platzte sie heraus: »Ewald, wie seid ihr zu dem Hauptgewinn gekommen? Du hast doch nicht etwa den Budenbesitzer bestochen?«

Großvater hob die Hand: »Ich schwöre, ich habe niemanden bestochen.«

Wahrscheinlich dachte Oma an die Geschichte, die schon so oft in der Verwandtschaft die Runde gemacht hatte. Als Mama ein kleines Mädchen war, hatte der Nachbarsjunge in einem Preisausschreiben ein Fahrrad gewonnen. Mama musste damals wohl sehr traurig gewesen sein. Sie hatte sich sehnlichst ein Fahrrad gewünscht. »Dafür haben wir kein Geld.«

Ihre Mutter – Utes Oma – hatte ihr das deutlich zu verstehen gegeben. Opa hatte heimlich ein Fahrrad gekauft und es als Gewinn ausgegeben. »Nein, Adele, es ging alles mit rechten Dingen zu, Utes Zahl war ein Hauptgewinn.«

»Dann will ich das mal glauben.«

Lächelnd betrachtete Ute das schöne Spielzeug. Jetzt schöpfte Ute einen Verdacht, den sie aber für sich behielt: Der Mann an der Losbude hatte gleich »Hauptgewinn« gerufen, als sie ihm das Los reichte. Er hatte gar nicht richtig darauf geschaut.

Am darauffolgenden Tag schlenderte Ute noch einmal über den Kirmesplatz. Ihr Erstaunen war groß. Der Platz – gestern noch voll wunderbarer Sehenswürdigkeiten – war jetzt schon fast leer und hässlich wegen des Abfalls, der überall verstreut lag. Die Menschen, die die Kaiserstraße hinauf- oder hinuntergingen, guckten gar nicht mehr hin. Für sie war die Kirmes schon aus den Köpfen. Frau Peters mit Ulla an der Hand, unterwegs zum Einkaufen, war erstaunt, Ute alleine in der Stadt zu treffen. Bevor sie etwas sagen konnte, platzte es aus Ute heraus. »Ich habe gestern auf der Kirmes einen Hauptgewinn gezogen – ganz tolle Puppenkochtöpfe, eine Pfanne und noch ein Sieb.« Sie erzählte in den nächsten Tagen noch vielen Leuten von diesem Gewinn. Dass ihr Großvater dahinter steckte – da war sie sich von Mal zu Mal sicherer.

Am Nachmittag kam Christine vorbei. Sie hatte Tränen in den Augen: »Die vom Büro haben die ganzen Dekorationen abgebaut. Ich habe keine Lust mehr auf eine Varieté-Vorstellung.«

Trotz des Feuereifers zu Beginn hatte Ute die letzten Tage gar nicht an das Marionettenspiel gedacht. Jetzt hatte sie alles wieder vor Augen und war ebenfalls traurig. So viel Mühe hatten sie sich gegeben. Aber wie und wo sollten sie weitermachen? Wenn Christine nicht dabei war, wollte Ute auch nicht mehr. Die beiden stapften zum Dachboden und rissen ihren Puppen die mühevoll gebastelten Krepppapierkostüme ab. »Warum konnte die Dekoration vor den Aktenregalen eigentlich nicht bleiben? Wir haben doch nichts kaputt gemacht?«

Christine zuckte mit den Schultern. Sie war gerade dabei, das große Puppenhaus auszuräumen, das die meiste Zeit unbeachtet in der Ecke stand. »Komm, Ute, wir machen Hausputz. Alles muss abgestaubt werden.«

Sie reichte Ute einen Pinsel, nachdem sie selbst auch mit einem solchen bewaffnet begonnen hatte, die ausgeräumten Möbel zu säubern. Ziemlich rasch war das Haus vom Staub befreit und die Möbel wieder eingeräumt.

»Warum spielen wir eigentlich nicht häufiger mit dem Puppenhaus?«, fragte Ute und ließ ihren Blick über das wunderschöne Haus wandern.

»Weil ich keine Puppen dafür habe. Anne weiß auch nicht, wo sie geblieben sind. Wahrscheinlich hat sie jemand beim Umzug aus der Villa eingesteckt.«

Ute dachte an ihre kleinen Stoffpüppchen, die Mama für ihre Puppenstube gebastelt hatte. Die würden hier nicht hineinpassen. Plötzlich hatte sie eine Idee, »Wir könnten uns doch Puppen selbst machen!«

»Ja, wie denn?« Christine war skeptisch.

»Auf Pappe aufmalen, ausschneiden und unten einen Steg lassen, den man umknicken muss, damit die Puppen stehen können. Ich hab für Frau Bergner eine Krippe gebastelt, da hab ich es so gemacht.«

Dass Maria und Josef samt Hirten und Königen beim leisesten Windhauch umfielen, verschwieg Ute geflissentlich. Sie konnte Christine rasch überzeugen, und nachdem sie sich das nötige Material zusammengesucht hatten, ging es an die Arbeit. Eine große Familie mit Eltern, Großeltern, drei Kindern und einem Dienstmädchen erweckte das vernachlässigte Puppenhaus zu neuem Leben. Anne, die als Kind wahrscheinlich oft mit den echten Puppen gespielt hatte, kam vorbei und freute sich, wie die beiden kleinen Mädchen mit den Papp-Puppen herumhantierten. »Vielleicht gibt es bald wieder kleine echte Porzellanpuppen zu kaufen.«

26.

Solange das schöne Sommerwetter anhielt, wollten Mama und die Großeltern mit Ute ein paar Ausflüge machen. Nach langer Pause hatte Opa es wieder einmal geschafft: Sein altes Auto war fahrbereit. Am ersten Ausflugstag wurde es nicht gebraucht. Mama und Ute hatten vor, die von Saalfelds zu besuchen, die von der Wittener Straße nach Schloss Mallinckrodt gezogen waren. Da Helga in der letzten Zeit nicht mehr zu Besuch bei ihrer Großmutter gewesen war, hatte Ute dieser Umzug kaum berührt, im Gegensatz zu Mama, die traurig war, diese »interessanten Menschen« nicht mehr so häufig zu treffen. Dass die von Saalfelds jetzt in einem richtigen Schloss wohnten, fand Ute irgendwie passend, und sie war auch ganz gespannt auf das, was sie dort erwartete. Bis zur Voßkuhle war sie schon oft gelaufen, zurück dann durch den Wald nach Wetter. Jetzt ging es noch ein Stückchen weiter, die Wetterstraße entlang, bis ein schmalerer Weg rechts den Hügel hinaufführte. Nach einer Biegung lag das Schloss vor ihnen.

»Das ist ja wie im Märchen«, sagte Ute. Sie hatte in ihren Büchern viele Bilder von Schlössern gesehen, aber noch keines in Wirklichkeit: die beiden turmartigen Häuschen rechts und links, das große schmiedeeiserne Tor, das einladend offen stand, dann das Schloss selbst mit Türmchen und Erkern – »Da haben früher bestimmt Könige gewohnt.«

»Könige nicht, aber Grafen.« Mehr konnte Utes Mutter auch nicht dazu beisteuern, aber Ute war zufrieden gestellt. »Graf ist auch etwas sehr Hohes, nicht?«

»Ja, etwas sehr Hohes«, wiederholte Mama, die mit ihren Gedanken ganz woanders zu sein schien.

Bald standen sie vor der schlichten weißen Eingangstür.

»Die sieht aber gar nicht gräflich aus.« Ute war ernüchtert.

»Das war die Tür für die Dienstboten, guck mal da in der Mitte – das reich verzierte Portal!«

»Aha, von Saalfelds und ihre Gäste müssen den Dienstboteneingang benutzen. Ich denke, die sind adelig.«
»Sind sie auch, aber sie wohnen hier nur zur Miete. Die Adligen sind nicht mehr so reich wie früher. In einem der beiden Torhäuschen wohnt eine Familie, die besaß in Ostpreußen ein Rittergut.«
»Sind das Flüchtlinge?«
Frau Bergner hatte Ute einmal über die Flucht aus dem Osten erzählt und dabei auch die Gutsbesitzer erwähnt, die Schlösser, Felder, Tiere und andere Besitztümer zurücklassen mussten. Mama hatte mit einem kurzen »Ja« geantwortet, da standen sie auch schon vor der Wohnung. Als sich die Tür auftat, empfing Ute eine andere Welt. Vergessen waren die schlichte Eingangstür und das karge schmucklose Treppenhaus. Bilder mit goldverzierten Rahmen, dazwischen liebliche Engelsköpfe auf goldenen Sockeln, bedeckten die hohen Wände fast lückenlos. Ute war nie in der Wohnung der von Saalfelds an der Wittener Straße gewesen, sie hatte mit Helga immer im Garten gespielt. Mama war weit weniger überrascht, auch als sie jetzt ins geräumige Wohnzimmer traten, das ebenfalls von Gemälden, goldgerahmten Spiegeln und riesigen Blumenvasen überquoll. Über dem Kamin hing ein großes Bild einer wunderschönen Dame in einem blauen Kleid. Die Augen der Frau leuchteten in dem gleichen Blauton. Ute schaute Frau von Saalfeld an – es waren ihre Augen. Die Frage, wer das auf dem Bild sei, war überflüssig. Mit einem Blick hatte Ute den gedeckten Kaffeetisch gestreift, in der Mitte ein verlockender Kuchen, als Herr von Saalfeld eine Überraschung ankündigte.
Ute hatte gerade schon so seltsame fiepsige Töne gehört – jetzt sah sie, woher die Geräusche rührten: Auf der Veranda kuschelten sich kleine Pudel in einem Körbchen zusammen, bewacht von der Pudelmutter, die Ute durch lautes Knurren zu verstehen gab: Bis hierher und nicht weiter. Herr von Saalfeld hob eines der fünf Hündchen aus dem Körbchen und gab es Ute in den Arm. Es war ganz schwarz, mit dunklen Augen, die es einmal kurz öffnete. In Utes Arm fing es ein bisschen an zu zappeln.
»Leg es lieber wieder ins Körbchen, seine Mutter knurrt

schon«, mischte Mama sich ein. Sie befürchtete wohl, Ute würde eines der Pudelchen mit nach Hause nehmen wollen. Sie hatte Mamas Blick erraten und wusste, sie würde nie Utes Wunsch nach einem Hund zustimmen.

Nach dem Kaffeetrinken hockte sie sich vor die Verandatür und beobachtete die kleinen Hunde, während sich die Erwachsenen unterhielten. Mit einem Ohr bekam sie mit, dass Herr von Saalfeld außer der Hundezucht noch ein weiteres Hobby hatte: Die Engelsfiguren waren sein Werk, er wollte demnächst versuchen, sie zu verkaufen. Mama verkaufte ja Bilder an Kunstgewerbeläden. Ute rätselte, ob es da einen Zusammenhang gab.

Allzu lange blieben Mama und Ute nicht. Die Tage wurden schon kürzer, sie mussten noch durch den Wald zurück. Die mit Opas Auto geplanten Ausflüge mussten leider verschoben werden. Irgendetwas war an dem alten Wagen doch nicht in Ordnung. Opa hatte den Ehrgeiz, den Fehler selbst herauszufinden, und Ute wusste – das konnte dauern. Sie war aber deswegen nicht traurig. Im Moment lockte der Oberhoffsche Garten zum Brombeerpflücken, und wenn man zu spät kam, war alles abgeerntet. Nur Kinder von der Wittener Straße sah man beim Pflücken dieser herrlichen Früchte, die doppelt so dick waren wie die im Wald. Ein Nachbarsjunge hatte im letzten Jahr versucht, von oben herab an die Früchte zu kommen. Er war abgerutscht und musste mit einem Seil hochgezogen werden. Ute war bei dem Unfall nicht dabei gewesen, aber tagelang wurde auf der Straße von nichts anderem geredet, man machte sich sogar noch lustig darüber. Der Junge hieß mit Nachnamen Katzer. So riefen einige ihm jetzt hinterher: »Der Katzer, der Katzer, der ist jetzt voller Kratzer.«

27.

Bis in den Oktober hinein war es mild und sonnig. Die Schule hatte zwar wieder begonnen, aber von mittags bis abends konnte man draußen noch viel unternehmen. Die Hausaufgaben erledigte Ute meistens recht schnell, vor allem die Rechenaufgaben. Lehrer Hinz schrieb alle Aufgaben sehr sorgfältig an die Tafel. Für das Abschreiben ließ er ziemlich viel Zeit, sodass Ute schon einen Teil der Aufgaben in der Schule erledigen konnte.

Außer bei Christine oder Lena war sie noch in keiner Wohnung in ihrer Straße gewesen. Gemeinsame Spiele fanden nur auf der Straße oder im Oberhoffschen Garten statt. Seit einiger Zeit hatten die Mädchen einen Zeitvertreib, der sie stundenlang beschäftigen konnte: Glanzbilder tauschen. Zunächst musste man zumindest einen kleinen Fundus besitzen. Bei Sartorius in der Kirchstraße gab es neben Zigarren und Schreibwaren auch Glanzbilderbögen: Kinder von Blumenranken umgeben, Blumenkränze oder Sträuße, Engelsfiguren und sogar Weihnachtsmänner. Leider glänzten die neuen nicht so schön wie die echten alten. Auch von der Farbe her konnte man sie gut unterscheiden. Sie leuchteten nicht so intensiv, so waren sie beim Tauschen weit unterlegen Ein kleines altes Glanzbild gab niemand unter zehn neuen her. Dank Opas großzügiger Zuwendung hatte es Ute bald zu einer kleinen Sammlung echter alter Bilder gebracht. Das Tauschfieber ging so weit, dass die Mädchen ihre Zigarrenkisten oder was sie sonst so zur Aufbewahrung ihrer Schätze benutzten, mit in die Schule brachten. In den großen Pausen guckten die Jungen den Mädchen zuweilen über die Schulter und gaben sogar Ratschläge bei den Tauschaktionen. Ganz unvermittelt wandte sich ein Junge aus ihrer Klasse an Ute: »Meine große Schwester hat eine Schachtel mit solchen Bildern. Möchtest du sie haben?«

Ute antwortete nicht gleich, so überrascht war sie.
»Meine Schwester ist schon sechzehn. Die braucht sie bestimmt nicht mehr.«
»Ja, gern«, war alles, was Ute zustandebrachte. In der anschließenden Schulstunde konnte sie sich nicht auf den Unterricht konzentrieren, obwohl die Geschichten von Josef und seinen Brüdern sie sehr interessierten. Herr Hinz schilderte alles so plastisch. Ute hatte die Bibelgestalten ganz deutlich vor Augen gehabt. Jetzt geisterten die Glanzbilder einfach dazwischen. Handelte es sich um eine Schachtel echter alter Bilder oder waren es am Ende nur die neuen, die Ute immer weniger gefielen? Bis morgen musste sie sich gedulden. Schrecklich, wenn Rolf, so hieß der Junge, die ganze Sache vergessen würde. Ihn daran erinnern, das würde Ute nie einfallen.

Der nächste Schultag war angebrochen. Rolf kam strahlend mit einer flachen Blechdose auf Ute zu. Die Glanzbilder übertrafen ihre kühnsten Erwartungen.

»Und die darf ich behalten?«

»Ja, ich hab' doch gesagt, meine Schwester braucht sie nicht mehr.«

»Danke.« Mehr konnte Ute nicht sagen, aber ihr Gesicht strahlte vor Freude. Voller Stolz zeigte sie am Nachmittag ihre Bilder auf der Straße. Eins nach dem anderen wurde vorsichtig aus der Dose gehoben und den bewundernden Umherstehenden gezeigt. Selbst ein paar Jungen standen mit im Kreis und blinzelten in Richtung der Glanzbilder.

»Sag, ich trau mich nicht, sie zu zerreißen.« Eine Jungenhand schwebte über dem Kasten.

»Das wagst du nie.« Sein Nachbar wollte ihn dadurch abhalten, bewirkte aber das Gegenteil. Ehe Ute sie in Sicherheit bringen konnte, war ein Packen der Bilder herausgeklaubt und vor den Augen der übrigen mitten durchgerissen. Ute stand da wie gelähmt. Der Übeltäter hatte sich aus dem Staub gemacht. Irgendetwas Gehässiges hatte er noch beim Weglaufen gerufen. Jetzt kamen Ute die Tränen. Trost und Ratschläge der anderen erreichten sie nicht. Unter Schluchzen sammelte sie die zerrissenen Bilder ein. Zuhause konnte Oma sie ein bisschen beruhigen. »Hier habe ich noch ein leeres Fotoalbum, dahinein kleben wir jetzt deine Glanzbilder. Wenn wir die zerrissenen ganz geschickt zusammenfügen, bemerkt man den Schaden bestimmt nicht mehr.«

Ute ließ es zu, und die beiden machten sich an die Gestaltung des Albums. Die Bilder wurden nach Motiven sortiert und eingeklebt. Am Ende entstand ein wunderhübsches Buch. Mit der Tauscherei war es natürlich vorbei. Ute verspürte auch keine Lust dazu, das Album blieb in der Wohnung.

28.

Das sonnige Wetter ließ die Ernte gut ausfallen: Äpfel, Birnen, sogar Tomaten. Ute bot sich ihrer Großmutter an: »Ich helfe dir bei der Ernte.« Das endete regelmäßig so: Ute saß auf der Bank unter dem Birnbaum, verspeiste genüsslich eine Birne oder knabberte ein Stück Kohlrabi. Mit vollbeladenem Bollerwagen ging es auf dem Rückweg über die untere Königstraße nach Hause.

»Die haben seit ein paar Tagen nichts als Porree.« Oma guckte in den fast leeren Obst- und Gemüseladen, an dem sie vorbeifuhren. »Wenn wir unseren Garten nicht hätten ...«

Lächelnd schauten die beiden auf den Wagen. Manch neidischer Blick von Vorübergehenden brachte Ute zum ersten Mal zum Bewusstsein, was für ein Schatz der großelterliche Garten war. Sicher, es gab größere, Familie Renninghaus hatte auf dem hinteren Grundstück riesige Gemüsebeete und unzählige Obstbäume, Oberhoffs hatten den Nutzgarten der Villa behalten können. Es gab aber Familien, die hatten nicht das kleinste Stückchen. Die mussten dann Schlange stehen, wenn eine der spärlichen Lieferungen eingetroffen war.

Den Herbst konnte Ute nicht unbeschwert genießen. Sie und drei weitere Kinder der Klasse hatte die Gelbsucht erwischt. Sechs endlose Wochen musste sie zu Hause bleiben, auch der Besuch von Freundinnen war streng untersagt. Dr. Weber hatte es eindringlich klargemacht. »Diese Krankheit ist äußerst ansteckend.«

Er kam häufig vorbei, um nach Ute zu sehen. »Versuchen Sie, Zitronen aufzutreiben«, äußerte er sich auf Omas Frage hin, ob es denn keine Medizin gegen diese Krankheit gebe. Wenn es gerade Mittagessenszeit war, ließ er sich gern einladen, eine Kleinigkeit mitzuessen.

»Ihre Reibekuchen sind ein Gedicht, Frau Scharberg«, drang

es aus der Küche an Utes Ohr. Ihr eigener Speiseplan bestand zurzeit meistens aus wässriger Haferflockensuppe.

Auch sechs Wochen sind einmal zu Ende. Bücher hatte sie genug gelesen, auch Opas Lieder kannte sie auswendig. Sie freute sich unbändig auf die Schule, das Wiedersehen mit Freundinnen und Klassenkameraden. Der Tornister war gepackt, die Schiefertafel mit einem Tafellappen versehen, neue Schiefergriffel mit buntem marmoriertem Papier hatte Oma gerade gestern in der Schreibwarenhandlung besorgt und in ihren hölzernen Griffelkasten gelegt. Der nächste Morgen brachte eine unangenehme Überraschung. Ute kam mit ihrem linken Fuß nicht in den Schuh. Sechs Wochen lang war sie in der Wohnung mit Schläppchen herumgelaufen und hatte daher die Schwellung an ihrer großen Zehe nicht bemerkt, das heißt, es hatte zwischendurch ein bisschen gekribbelt, aber auch wieder aufgehört. Statt zur Schule ging es zum Arzt. Als ob Mama schon eine Ahnung gehabt hätte, suchte sie die Praxis von Dr. Sander auf, in der ein Röntgengerät vorhanden war.

»Bist du im Sommer häufig barfuß gelaufen?« Der Arzt wies nach der Entwicklung der Röntgenaufnahme auf einen Punkt. »Das ist ein winziger Glassplitter, der ist in deine Zehe geraten und dann nach innen gewandert.«

Ute musste lächeln. Vor ihrem inneren Auge sah sie einen kleinen Glassplitter mit Hut und Stock durch ihren Fuß spazieren. Der lustige Gedanke wurde aber sogleich vertrieben. »Wir müssen den Splitter herausoperieren.«

»So richtig mit Äthermaske?« Ute hatte ihre Blinddarmoperation noch lebhaft in Erinnerung.

»Du willst doch wieder Schuhe tragen können.«

Ute sah es ein, sich drücken ging nicht, und so hieß es: statt Schule Krankenhaus. Einen Lichtblick gab es: Der Krankenhausaufenthalt dauerte nur zwei Tage und mit einem offengeschnittenen Schuh humpelte Ute danach an Mamas Hand nach Hause. Opas Auto streikte mal wieder.

29.

Das Weihnachtsfest näherte sich mit Riesenschritten. Ute bemerkte es zum Beispiel daran, dass in Omas Kleiderschrank wie im letzten Jahr in der Vorweihnachtszeit kein Schlüssel steckte. Dieser große dunkle Schrank mit dem ovalen Spiegel in der mittleren Tür verbarg vielleicht schon jetzt wunderbare Schätze. Er war auch im letzten Jahr das Versteck für die Weihnachtsüberraschungen gewesen. Kurz vor der Bescherung hatte Ute bemerkt, dass die drei Schlüssel mit den Troddeln wieder steckten.

In dieser Zeit freute sich Ute besonders auf die erste Schulstunde. Lehrer Hinz las stets zu Beginn des Unterrichts, draußen war es noch dunkel, eine weihnachtliche Geschichte oder ein Märchen vor.

Eines Morgens klopfte es und Rektor Krumme trat ein. »Ich probe mit meiner achten Klasse ein Weihnachtsstück und suche ein paar Mädchen, die den Engelchor verstärken sollen.«

Fast alle Mädchen meldeten sich. Ute hielt sich zurück – sie wusste nicht, was da von ihr verlangt würde, auch Christines Hand ging wieder herunter, als sie zu Ute herüberschaute. Rektor Krumme suchte vier Mädchen aus, alle einen Kopf kleiner als Ute. Warum war er nicht gleich zu den i-Männchen gegangen?

Die Aufführung des Stücks »Petrus in der Himmelsbäckerei« fand im Bauerschen Saal statt und wurde nicht nur für die Schüler der Bergschule, sondern auch für die Gemeinschaftsschule aufgeführt. Die Hauptrolle, den Petrus, spielte Rektor Krumme selbst. Er brauchte keine Perücke oder falschen Bart. Mit seinem grauen Haarkranz und den markanten Augenbrauen sah er genauso aus wie der Petrus, den Ute von Abbildungen her kannte. Sein Spiel war so lebendig, sie vergaß für Augenblicke, dass es Rektor Krumme war, der da spielte. Ihre vier Klassenkameradinnen hockten die ganze Zeit um eine große Rührschüssel herum, taten so, als ob sie schleckten und guckten grinsend ins Publikum. Auch das Bühnenbild und die Beleuchtung wurden von Ute mit allen Einzelheiten wahrgenommen. Im Mittelpunkt stand der Backofen. Er schimmerte in warmem Rot – dünner Stoff und Glühbirnen dahinter. Das Licht des Ofens tauchte die ganze Szene in rosafarbenen Glanz und verzauberte nicht nur Ute.

Voller Begeisterung berichtete sie zu Hause von der Aufführung, davon, wie Rektor Krumme mit den Engeln in der Himmelsbäckerei Pfefferkuchen backen wollte und was durch ein schusseliges Engelchen zunächst alles schief lief.

»Oma, kannst du Pfefferkuchen backen? Ich möchte sie zu gerne mal probieren!«

»Mm, die habe ich noch nie gebacken.« Oma ging zum Küchenschrank und holte das alte Kochbuch von Henriette Davidis heraus. Es war Omas einziges Kochbuch, der Einband war ziemlich fleckig. Es zeigte deutliche Spuren davon, dass es beim Zubereiten der Speisen nicht weit entfernt gelegen hatte. »Pfefferkuchen, Pfefferkuchen – da hab' ich's.« Oma überflog das Rezept und legte das Buch wieder in den Schrank. »Was soll man mit so einem Kochbuch anfangen. Viele der angegebenen Zutaten sind nicht zu bekommen.«

Trotzdem hatte sie es in den letzten Jahren immer wieder geschafft, die Rezepte so abzuwandeln, dass etwas Leckeres dabei herauskam.

Den Wunsch nach Pfefferkuchen hatte Ute längst vergessen. Als sich am Heiligen Abend nach dem Glöckchenton das Weihnachtszimmer öffnete, strömte ihr ein herrlicher Duft entgegen. Sie ging auf den Esstisch zu, auf dem die bunten Teller standen, nahm eins von den dicken braunen Plätzchen in die Hand und hielt es sich unter die Nase.

»Sind das etwa die Pfefferkuchen?« Oma nickte.

»Dass du daran gedacht hast, danke!«

Oma legte ihren Arm auf Utes Schulter. »Ich habe bei den Zutaten für die Pfefferkuchen ein bisschen gemogelt, aber ich denke, sie sind trotzdem gelungen.«

»Und sie duften köstlich«, pflichteten Opa und Mama bei.
Beim Singen der Weihnachtslieder war der Baum mit seinen schimmernden Kerzen die einzige Lichtquelle im Raum gewesen. Dieses Jahr hatte Ute eine weitere entdeckt: ein Puppenhaus mit elektrischer Beleuchtung. Kleine Hänge- oder Stehlämpchen mit roten, grünen oder gelben Schirmchen erhellten die Zimmerchen. Ute konnte sich nicht sattsehen. Es sah so gemütlich aus, vor allem die beiden Mansardenzimmer unter dem spitzen Dach. Bei näherer Betrachtung bemerkte sie, dass die Dachzimmer auf ihre alte Puppenstube aufgesetzt waren, die Tapete in den beiden unteren Räumen war unverändert. Was für ein Unterschied – die Stube vorher und jetzt ein richtiges Haus! Mit glänzenden Augen ging sie auf Opa zu. »Ich weiß, wer meine Puppenstube so verändert hat.«

In den Sommermonaten hatte das warme sonnige Wetter die Kinder zum Spielen ins Freie gelockt, jetzt war es der Schnee, der alle nach draußen trieb. Die Schneelage war in diesem Winter so gut — man konnte vom Gipfel des »Freien Bocks« bis unten an die Wittener Straße fahren. Nicht jeder besaß einen Schlitten. Zu zweit oder zu dritt machte es auch viel mehr Spaß. Utes »Hörnerschlitten« bot genug Platz für zwei. Stets fanden sich Mitfahrer, die das Gefährt geschickt den Berg hinunterlenkten, besser, als Ute es gekonnt hätte. Unermüdlich ging es bergauf und bergab, so lange, bis es dämmerte und einige Mütter erschienen. Widerwillig stapfte man nach Hause. Ute wünschte sich an jedem dieser Tage, schon älter zu sein, denn die »Großen« fuhren mit Taschenlampen bewaffnet noch in der Dunkelheit weiter.

Manches Mal tauchten wieder Erinnerungen an den Winter in Pisek auf, der auch sehr schneereich gewesen war. Ihre kleinen Skier, die noch im Keller standen, erinnerten sie an den sanften Hügel neben der Kaserne, wo sie ihre ersten Schlitterversuche unternommen hatte. Sie war stets die einzige Skifahrerin auf dieser Piste gewesen, dafür gab es aber immer ein paar Zuschauer. Außer Mama, der vom Herumstehen schnell kalt wurde, fanden sich stets ein paar Soldaten ein, die gerne anhielten, Utes Fahrkünste bewunderten und gemeinsam mit ihr lachten, wenn sie sich nach einem sanften Sturz prustend und schüttelnd aus dem Schnee erhoben hatte. In Wetter hatte sie die Skier nie mehr untergeschnallt. Sie besah sich die ledernen Bindungen und musste an Herrn Hürtlein denken, der den Weihnachtsmann gespielt hatte. Ob sie wohl einen von den Soldaten aus Pisek wiedersehen würde? Ute kam von den Erinnerungen nicht los und bat schließlich Mama, ihr das Fotoalbum mit den Bildern aus Pisek zu geben. Mama war sichtlich erstaunt, als Ute nach drei Jahren noch alle Soldaten auf dem Gruppenbild erkannte und ihre Namen oder Spitznamen nennen konnte. »Guck mal, das ist Rosendahl, der ist auch mal mit im Kino gewesen, und Pelle und Polle stehen rechts von Papa.« Mama schaute Ute über die Schulter, dabei wurde ihr Gesichtsausdruck sehr ernst. Sie sagte nichts, aber Ute merkte, dass sie darüber grübelte, was alles passiert war, nachdem sie Pisek verlassen hatten. Auf der nächsten Seite prangte ein großformatiges Bild von Papa in Uniform, auf dem er sogar ein wenig lächelte.

»Papa sah in seiner Uniform immer blendend aus.« Mamas Gesichtszüge erhellten sich schon merklich.

Gerne wäre Ute in diesem Winter Schlittschuh gelaufen. Wenn die Eisschicht am toten Ruhrarm dick genug war, liefen dort Lutz und Lena mit ihrer Mutter, und auch Christine und ihre Geschwister kamen dorthin. Manches Mal begleitete Ute ihre Freundin und schaute den Schlittschuhläufern ein wenig traurig zu. Schlittschuhe hätte sie gehabt, die stammten noch von Mama. Es fehlten ihr leider Schnürstiefel, unter die man die Schlittschuhe schrauben musste. Daher freute sie sich auf den Frühling, da konnte sie wieder Rollschuh fahren, das ging mit ganz normalen Halbschuhen.

Zunächst folgten ein paar Wochen, deren Nachmittage sie zu Hause oder bei ihren Freundinnen verbrachte. Christine und Lena kamen nicht oft zu ihr, es war zu wenig Platz in ihrer Wohnung. Die Küche war Omas Revier, das große Esszimmer belegte Mama mit ihren Bildern, und das Wohnzimmer war von Möbeln so zugestellt, man konnte sich kaum rühren. Lediglich die Ecke um das Radio verlockte zum Verweilen. Es stand auf einem kleinen runden Tischchen, flankiert von zwei gemütlichen Ohrensesseln.

Auf Ute übte das Gerät eine große Faszination aus. Mühsam entzifferte sie die Städtenamen, die in Reihen schräg untereinander standen. Sie drehte den rechten Knopf hin und her, aber außer Pfeifen und Knacken war von den meisten Sendern nichts zu vernehmen. Opa, der eifrigste Radiohörer der Familie, drehte den Knopf mit viel Feingefühl und belustigte Ute mit Sendern in fremder Sprache, beim holländischen konnte Ute sogar das ein oder andere Wort verstehen. Spätabends saß Opa oft lange vor dem Apparat. Oma machte ihm am nächsten Morgen immer Vorwürfe.

»Muss das sein, man hört es in der ganzen Wohnung. Auch Lotte hat sich schon beschwert.«

Er sagte nichts mehr dazu. Allzu oft hatten die beiden sich darüber beschwert, wenn er tagsüber Nachrichten hören wollte und das Mittagessen auf ihn wartete. Einmal war Großvater laut geworden. »Interessiert es euch denn gar nicht, was mit Deutschland los ist, was für Leute uns demnächst regieren werden?«

Ute hatte Opa innerlich recht gegeben. Sie wusste, dass Deutschland unter Hitler sehr schlecht regiert worden war, dieser Hitler trug auch die Schuld an dem schrecklichen Krieg und daran, dass ihr Papa immer noch nicht zu Hause war. Opa, der Streitereien hasste, verkündete eines Tages: »Ab nächsten Monat abonniere ich eine Tageszeitung.«

An verregneten Nachmittagen hockte Ute manchmal auch mit Christine vor dem Radio, gern lauschten sie der Kinderstunde. Sie krochen förmlich in den Apparat hinein. Das grüne magische Auge lockte in der dämmrigen Ecke: »Tretet ein in die Zauberwelt!«

»Wenn auf dem Radio richtige Bilder zu sehen wären …«, sagte Ute.

»Das gibt es schon«, kam es von Christines Seite.

Ute schüttelte ungläubig den Kopf.

»Doch, glaubst du, meine Mutter lügt? Als sie zur Olympiade in Berlin war, hat sie diese Apparate gesehen. Auf der Vorderseite war eine Scheibe, auf der Bilder zu sehen waren.«

»Bewegliche Bilder?«

»Ja, so wie Filme.«

»Ob es so etwas wohl bald zu kaufen gibt?«

»Bestimmt.« Christine war sich da ganz sicher.

30.

Allzu lange dauerte in diesem Jahr das graue Matschwetter nicht. Man stromerte schon wieder draußen herum.

»In der Kantine wird Karneval gefeiert. Komm, wir gucken mal!«

Christine zog mit Ute durch die Werksküche in den Saal. Dort waren ein paar Männer dabei, die Wände mit Krepppapiergirlanden zu schmücken. Auf die Tische kamen Vasen mit großen Papierblumen und die Deckenlampen wurden mit buntem Stoff verhüllt. Die große Saaltür öffnete sich und zwei Männer schoben ein Klavier herein. Trommeln, eine Gitarre und ein anderes Instrument, das Ute nicht kannte, waren schon in der vorderen Ecke deponiert.

»Das gebogene Instrument mit den Knöpfen ist ein Saxofon«, erklärte Christine. Was Musik anbetraf, da kannte sie sich besser aus.

Drei junge Männer traten aus der Küche und stimmten ihre Instrumente. Dann begannen sie mit der Probe. Die beiden Mädchen waren selig. Die Kapelle spielte die aktuellen deutschen Schlager, aber auch ein paar englische oder amerikanische Nummern. Christine durfte öfter dabei sein, wenn ihre große Schwester im Freundeskreis diese oder ähnliche Lieder auf den Plattenteller legte. Die Melodie, die die Musiker jetzt anstimmten, kam beiden Mädchen bekannt vor. Vorsichtig stimmten sie die bekannten Zeilen an: »Gif mi faif minits mo … in jo ams…«

Die drei jungen Männer staunten, lächelnd begannen sie die Nummer von vorn. Dreimal sangen die beiden nun die erste Zeile, bis »in jo ams«, weiter konnten sie nicht. Die Musiker waren so begeistert – sie klatschten Beifall. Unendlich lange hätten sie noch zuhören mögen, wäre nicht Frau Kern erschienen.

»Jetzt aber ab nach Hause! Das Abendessen wird kalt.«

Am nächsten Abend sollte die Karnevalsfeier stattfinden. Ute lungerte mit anderen Kindern vor der Eingangstür zur Kantine herum. Es rührte sich nichts. Die Tür blieb verschlossen, und Christine, mit der sie in den Saal gekommen wäre, blieb heute unsichtbar. Wer mochte wohl auf dieses Fest gehen? Ob sich die Erwachsenen richtig verkleiden würden? Beim Abendessen war das Fest Gesprächsthema. »Friedel Wollenweber ist wohl die Einzige aus dem Haus, die mitmacht.« Oma wusste das von Friedels Mutter. Nach dem Essen – die Erwachsenen waren alle beschäftigt –, legte sich Ute in der Diele auf die Lauer. Heute Abend war es besonders still. Niemand betrat oder verließ das Haus, niemand ging in den Keller. Es blieb dunkel im Treppenhaus. Endlich ging das Licht an – sie hörte Schritte, die von oben herunterkamen. Ute riss die Korridortür auf, da sah sie Friedel als Rotkäppchen mit ihrem Verlobten als Seemann.

»Na, Ute, noch nicht im Bett?«

Diese Begrüßung fand sie nicht besonders schön. Schnell verzog sie sich wieder in die Wohnung.

»Stellt euch vor, die Friedel ist schon so groß und geht als Rotkäppchen zum Karneval.« Kichernd gab sie ihre Beobachtung weiter und brachte auch die anderen zum Schmunzeln.

Ute wollte in diesem Jahr unbedingt selbst Karneval feiern. Nach vielem Bitten und Betteln erlaubte Mama ihr, Christine, Lena und Ulla Peters einzuladen. Oma versprach, Streuselkuchen zu backen, es sollte süßen Sprudel geben, Dauerlutscher und Brausepulvertütchen als Belohnung für Wettspiele. Auch Krepppapiergirlanden durften nicht fehlen. Mama machte Ute als »feine Dame« zurecht, mit einem Kleid von Oma und einem Hut von ihr selbst. Natürlich gehörten auch Zuckerwasserlocken dazu. Gerade fertig, klingelte es schon an der Tür. Ulla stand da, sie war als Prinz verkleidet, mit einer roten Baskenmütze auf dem Kopf, unter der sie ihre Haare versteckt hatte; über der weißen Bluse eine rote Krepppapierschärpe mit goldenen Sternen beklebt.

»Was für ein tolles Kostüm, aber hast du nicht gefroren?«, sorgte sich Oma.

»Ich hab unter der Bluse einen ganz dicken Pullover an.« Zum

Beweis hob sie die Bluse hoch. Danach ging es in das wunderschön dekorierte Wohnzimmer. Ohne Christine und Lena wollte man nicht anfangen, und so saßen die beiden Mädchen in ihrer Verkleidung auf dem Sofa und warteten. Zwischendurch rannte Ute in die Küche: »Wie spät ist's?«
Als es vier Uhr durch war, Ute hatte für drei Uhr eingeladen, brachte Oma Streuselkuchen für die beiden herein.
»Lasst euch den Kuchen schmecken. Christine und Lena kommen wahrscheinlich nicht mehr, da könnt ihr die doppelte Portion essen.«
Normalerweise wäre das für Ute verlockend gewesen, aber jetzt war sie eher traurig als hungrig. Sie hatte sich ihre Karnevalsfeier anders vorgestellt. Warum waren ihre beiden Freundinnen nicht gekommen? Mit Ulla allein zu spielen, fand sie langweilig. Sie war mehr als zwei Jahre jünger als sie. Bei Christine und Lena klingeln wollte Ute auch nicht. Ein Bummel durch die Stadt war die Lösung, und die bewundernden Bemerkungen der Passanten über ihre fantastischen Kostüme hoben Utes Laune wieder. Als sie bei Egens hereinschauten, winkte ihnen Frau Egen zu und füllte für jede ein kleines Papiertütchen mit Bonbons ab. Nach dem Rundgang und als Mama ihr versprochen hatte, die Dekoration noch ein paar Tage hängen zu lassen, hatte Ute ihren Kummer schon vergessen.

31.

Obwohl sie Christine und Lena nicht böse war – sie hatten die Karnevalsfeier einfach verschlafen – ging Ute in der nächsten Zeit häufiger zu Peters. Lutz und Ulla hatten zusammen ein geräumiges Kinderzimmer mit herrlichen Spielsachen. Auch zu essen oder trinken gab es immer etwas Besonderes: knusprige Haferflockenkekse, Himbeer- oder auch Brombeersaft. Neben der Küche hatte Herr Peters ein kleines Labor. Ute schaute auf das Gewirr von gläsernen Röhren und Behältern. Sie stand vor einem Rätsel. »Was ist das denn?«
»Mit dem Apparat wird aus Kartoffeln ein Getränk hergestellt.« Frau Peters zog die Kammertür zu.
»Aus Kartoffeln? Und wie schmeckt das?«
»Ziemlich scharf, es ist nur für Erwachsene.«
Ute hatte sich schon oft über den Geschmack der Großen gewundert. Bohnenkaffee, für Mama und Oma die größte Köstlichkeit, schmeckte doch scheußlich, mit ganz viel Zucker, wie ihn Mama trank, war er auch nicht wesentlich genießbarer. Opas Geschmack war noch schlimmer. Er hatte sie mal an seinem Bier nippen lassen. »Iiiih, wie bitter«, war Utes Reaktion gewesen. Und erst seine Zigarren. Sie konnte sich nicht vorstellen, wie man sich so etwas freiwillig in den Mund stecken konnte.
Als sie nach Hause kam, erzählte sie von dem seltsamen Apparat in Herrn Peters' Labor. »Habt ihr schon mal Kartoffelsaft getrunken?«
»Kartoffelsaft!« Opa musste laut lachen. »Der Herr Peters macht Kartoffelschnaps, das ist ein sehr scharfes Getränk. Die Erwachsenen trinken es gegen Magenschmerzen.«
»Ewald, was erzählst du? Ute könnte es weitergeben!«
»Entschuldige Adele, es ist mir so rausgerutscht.«
»Hör zu, Ute, niemandem weitersagen, was du bei Peters gesehen hast!«

Ziemlich eindringlich erläuterte Oma die Angelegenheit. »Schnaps brennen ist verboten, wenn die Polizei davon erfährt, wird man hart bestraft. Außerdem ist es sehr gefährlich. In Wetter ist vor ein paar Wochen ein Mann ums Leben gekommen, dessen Anlage explodiert ist.«
Das waren ja schreckliche Geschichten. Ute verkroch sich in ihre Spielecke und räumte ihren Kaufladen auf. Jedes Stoffstückchen wurde ausgeschüttelt, als wenn sie die unangenehmen Gedanken damit abschütteln wollte. Nur gut, dass Opa nicht so einen Apparat hatte.

In diesem Frühjahr hatten die Kinder der Wittener Straße an den Wochenenden eine neue Beschäftigung, die hieß »Brautpaar gucken.« So traf man sich samstags vor der Kirche. Vor allem die Mädchen begutachteten Aussehen und Kleidung der Braut, aber auch Brautjungfern und Blumenkinder unterstanden ihren kritischen Blicken. Ein kleines Mädchen, es mochte etwa fünf Jahre alt sein, trippelte vor der Braut her, griff in ihr Körbchen und streute eine Handvoll Blüten vor die Füße des Brautpaares, dabei ging es die Stufen herunter. Ein unachtsamer Schritt, und schon war es geschehen: Gott sei Dank war der Sturz nicht dramatisch. Die Braut tupfte mit einem Spitzentaschentuch die Tränen der Kleinen und schon lächelte sie wieder. Ute musste an Erlangen denken, da war sie selbst Blumenkind auf einer Hochzeit gewesen. Die Tochter des Hausbesitzers, bei dem Mama und sie nach ihrer Flucht aus Pisek untergekommen waren, hatte sie zu ihrer Hochzeitsfeier eingeladen, zusammen mit den Kindern aus dem Haus sollte Ute Blumen streuen. Das Körbchen hatte sie noch heute vor Augen. Es sah fast aus wie ein umgekehrter Schlapphut mit Henkel. Sie hatte seine Standfestigkeit bezweifelt und es daher während des Gottesdienstes auf ihrem Schoß festgehalten. Als das Zeichen zum Aufbruch kam, passierte es. Sie hatten zwei Stufen höher als die übrige Gemeinde auf Stühlen neben dem Brautpaar gesessen. Beim Aufstehen war der Korb hingefallen – die Blüten lagen auf dem Boden. Die anderen Blumenkinder hatten sich schon aufgestellt, als Ute ihr Körbchen wieder füllen wollte. Lächelnd hatte der Pastor sie bei der Hand genommen und zu den anderen geführt, sie war die Einzige mit leerem Körbchen gewesen.

Jetzt kam das, worauf alle gewartet hatten. Auf dem letzten Treppenabsatz blieb der Bräutigam stehen, griff in einen Beutel und warf Münzen unter die Kinder: Groschen, auch etliche Fünfziger. Es war diesmal ein recht üppiger Geldregen, und auch Ute, die sich nicht so aufs Drängeln verstand, freute sich über ihre Ausbeute. Groß war die Auswahl an Dingen nicht, die man für das gesammelte Geld bekam. »Wenn man doch eine Tafel Schokolade kaufen könnte«, dachte sie.

Echte Schokolade hatte sie zuletzt im Krieg gegessen. Die Soldaten bekamen runde Tafeln in Blechdosen als Marschverpflegung. In Pisek hatte Ute diese Schokolade einmal probieren dürfen, und der Geschmack hatte ihr noch lange auf der Zunge gelegen.

Das ergatterte Geld trug man zu Olle Meier, dessen Bude schräg gegenüber dem Bahnhof lag. Der Platz vor dem Gebäude war die beliebteste Rollschuhbahn. Stundenlang konnte man hier seine Runden drehen und sich zwischendurch eine Lutscher- oder Brausepause gönnen. Ute verstand die anderen Kinder nicht, die mit Lutscher im Mund weiter ihre Runden absolvierten. Sie stand dann lieber am Rand und schaute den anderen zu. Herr Meier fuhr auch mit einem Handkarren durch Wetter und lieferte Bier aus. Er hatte im Krieg den linken Unterarm verloren, schaffte es aber mit einer Hand, einen schweren, mit Bierflaschen gefüllten Karren zu schieben.

Noch schlimmer verletzt worden war der Inhaber des Papiergeschäfts. Ihm fehlten beide Hände. Als Ute ihn zum ersten Mal sah, war sie geschockt. Sie hatte Oma aus dem kleinen Laden regelrecht herausgezogen. Großmutter fühlte, dass so ein Anblick für ein kleines Mädchen sehr schwer zu ertragen war. »Du darfst nicht auf seine Armstümpfe sehen. Schau ihm ins Gesicht.«

Beim nächsten Mal – Ute benötigte ein neues Schreibheft – kam sie alleine wieder her, den Blick nach oben gerichtet. Ihre Stimme zitterte ein wenig. »Ein Schreibheft mit einfachen Linien.«

»Dann bist du ja schon in der dritten Klasse, kleines Fräulein.« Der Ladenbesitzer lächelte Ute freundlich an. »Da habe ich gerade gestern neue Hefte bekommen.« Geschickt schob er eines davon aus dem Regal und klemmte es zwischen seine Arme. »Schau mal, so ein schöner orangefarbener Umschlag.«

»Orange ist meine Lieblingsfarbe.« Jetzt konnte auch Ute lächeln. Sie legte das passende Geld auf die Theke. Herr Maß, so hieß er, strich es in die offen stehende Schublade dahinter. Mit dem Heft bewaffnet drehte sich Ute dem Ausgang zu.

»Auf Wiedersehen, kleines Fräulein, beehren Sie mich bald wieder.«

Jetzt musste Ute lachen. Ihr »Auf Wiedersehen« verschwamm im Gekicher.

In der Folgezeit kaufte Ute alles für die Schule nur noch bei Maß. Sie hatte sich an den Anblick seiner Armstümpfe gewöhnt. Wenn sie aber an ihren Vater in Russland dachte, war sie froh, dass er nicht versehrt war. Er arbeitete in Russland in einem Stahlwerk, das war eine schwere Arbeit, für die man heile Arme und Beine brauchte. Einmal hatte sie Mama sagen hören, »Wenn Paul krank wäre, würden ihn die Russen aus der Gefangenschaft entlassen.«

32.

Ganz überraschend trat im Juni ein Ereignis ein, das alle Erwachsenen begeistert begrüßten, mit dem die Kinder jedoch zunächst nichts anzufangen wussten: die Währungsreform. Opa erklärte Ute: »Wir bekommen neues Geld.« Sie war noch verwirrter. »Geschenkt, oder muss man das alte dafür abgeben?«
Geduldig versuchte Opa, Utes Fragen zu beantworten. Jeder Erwachsene erhält vierzig Deutsche Mark. Das alte Geld, die Reichsmark, wird im Verhältnis eins zu zehn abgewertet.« Er hatte die Tageszeitung vor sich liegen und schaute mit einem Auge auf das Blatt, während er Ute informierte. Ute konnte die Überschrift der Zeitung lesen, auch wenn sie auf dem Kopf stand. »Währungsreform: 40 DM für jeden Bürger.«
»Bürger, das sind die Erwachsenen, nicht wahr, Opa?«
Sie klammerte sich an diesen Begriff, der ihr geläufig war, weil sie das Übrige nicht richtig verstand. Sie würde wohl noch dahinter kommen, wie das mit dem Geld zusammenhing.
Im Moment wollte sie vor Opa nicht so dumm dastehen. Er erklärte Ute so manches mit viel Geduld, im Gegensatz zu Mama, die von vornherein auf viele Fragen meistens nur »Das verstehst du doch nicht« erwiderte. Zwei Tage nach der Nachricht über die Währungsreform gab es schon das neue Geld. Es waren ein Zwanzigmarkschein, ein Zehner und zwei Fünfer. Die Schrift auf den Scheinen war nicht mehr so verschnörkelt wie auf den alten Scheinen. Sie waren auch viel heller und schmaler. Münzen waren keine dabei, aber Ute staunte nicht schlecht, als Opa sein Geld ausbreitete: Er hatte für fünf Mark Zehnpfennigscheine. Sie waren klein und schmal, ungefähr ein Viertel der Größe eines Zehnmarkscheins. Zehn dieser Scheine bekam Ute. Feierlich verstaute sie das Geld in ihrem kleinen Portemonnaie, in dem sich noch zwei »alte« Groschen versteckt

hatten, die sie nun ohne Wehmut hinausbeförderte. Diese neuen Zehnpfennigscheine waren so verheißungsvoll. Sie hatte das Gefühl, einen kleinen Schatz zu besitzen. Am Montag nahm sie einen dieser Scheine mit zur Schule. In der Pause stellte sich heraus, dass etliche Mitschüler es ihr gleichgetan hatten. Mit den Scheinen in der Hand redete man über das neue Geld.
»Ihr glaubt gar nicht, was es jetzt alles zu kaufen gibt. Ich bin gestern mit meinen Eltern die Kaiserstraße entlanggegangen.« Erika war ganz begeistert. »Meine Mutter ist heute schon ganz früh zum Einkaufen gegangen. In Kaisers' Kaffeegeschäft gibt es sogar Schokolade und Pralinen.«
Den Nachhauseweg legte Ute heute im Dauerlauf zurück. An der Haustür angelangt, klingelte sie Sturm. »Bei Kaisers' gibt's Pralinen und Schokolade«, keuchte sie, noch während sie die paar Stufen zur Korridortür hochrannte.
»Du bist ja ganz außer Atem.« Oma empfing sie in aller Ruhe. »Wir müssen jetzt nicht mehr rennen, um etwas Besonderes zu bekommen. Es soll jetzt immer genügend Nachschub geben. Und was die leckeren Sachen bei Kaisers' angeht, wart mal bis nach dem Mittagessen.«
Es gab Stielmuseintopf. »Mm, da ist aber heute mehr gute Butter drin als sonst.« Ute war eine Feinschmeckerin. Nach dem Essen stellte Oma ein Tellerchen mit kleinen braunen Kegeln auf den Tisch. »Das sind Crémehütchen, die gibt's jetzt bei Kaisers', probiert mal!«
Ute nahm eins, steckte es nicht auf einmal in den Mund, sondern biss erst ein Stückchen ab. Die Füllung war rosa und duftete nach Himbeeren. Die Hülle bestand aus Schokolade. Langsam ließ sie die Köstlichkeit im Mund zergehen. So etwas würde man jetzt immer kaufen können.
»Ist jetzt Frieden?«, fragte sie und musste dabei an früher denken. Wenn es etwas nicht gab, vertröstete Oma die Enkelin stets mit dem Satz »Wenn Frieden ist, dann gibt's das wieder«.
Oma überlegte sich gerade eine Antwort auf Utes Frage, und auch Opa und Mama zeigten einen grüblerischen Gesichtsausdruck, die Antwort schien nicht so einfach zu sein, da klingelte es. Es war Christine. Sie wedelte mit fünf Zehnpfennigscheinen.

»Ute, hast du Lust, mal zu gucken, was es in den Geschäften so alles zu kaufen gibt?«

Ute durfte gleich mitgehen. Die Frage nach dem Frieden blieb unbeantwortet.

Es gab zwar jetzt sehr viel mehr zu kaufen als vor der Reform und vieles war frei erhältlich, aber Ute hörte ständig, alles sei so teuer. Großvater hatte wohl Geldsorgen. Sein Werkzeugbetrieb lief nicht so gut, und Mama konnte kaum noch etwas zum Unterhalt des Vier-Personen-Haushaltes beisteuern. Blumenbilder und Sprüche verkauften sich nicht mehr leicht, seit das Angebot in den Geschäften vielfältiger geworden war.

In Wetter gab es einen kleinen Betrieb, der Zelluloidschilder für den Einzelhandel herstellte. Er lag in einem Hinterhaus in der Gartenstraße, die Räumlichkeiten waren so beengt, dass die Schrift auf die Schilder in Heimarbeit bewerkstelligt werden musste. Für Mama, die im Rahmen ihres Studiums auch Kunstschrift gelernt hatte, war es kein Problem, als Schilderschreiberin anzufangen. Statt Blumenaquarelle pflasterten jetzt Zelluloidschilder mit den Aufschriften »Leberwurst«, »Blutwurst« oder »Sülze« das Esszimmer. Auf größere Schilder malte Mama den Schriftzug »Eis«, dazu einen Eisbecher mit bunten Kugeln. Utes Lieblingsschild zeigte drei Hunde, die einander anschauten: ein Dackel, ein Pudel und ein Terrier. Der Text dazu lautete: »Wir müssen draußen bleiben.«

Wenn Ute mit ihren Freundinnen durch die Stadt ging, zeigte sie stolz auf so ein »Hundeschild«, das jetzt vor allem die Eingänge von Metzgereien, Bäckereien und Lebensmittelgeschäften zierte. »Das hat meine Mama gemalt.« Bei der Menge an Schildern, die ihre Mutter täglich produzierte, gab es auch Ausschuss: Ein Klecks oder ein Verschreiber – die Spezialfarbe ließ sich nicht abwischen. Diese Schilder landeten nicht im Müll, man konnte sie gut zum Ofenanzünden gebrauchen. Beim ersten Mal hatte Ute fasziniert den hoch aufsteigenden Flammen im Ofen zugesehen. Den Geruch des schmelzenden Zelluloids empfand sie aber als so widerlich, dass sie das Weite suchte, wenn sie Mama mit den Schildern in Ofennähe hantieren sah.

Das Wetter in diesem Sommer zeigte sich von seiner besten Seite. Ob es ein guter Sommer war, das las Ute an der Anzahl der Schwimmbadbesuche ab, und das waren in diesem Jahr schon eine ganze Reihe gewesen. Sie wartete nicht, bis ihre Freundinnen Zeit hatten, sondern machte sich in der letzten Zeit meistens allein auf den Weg. Im Bad traf sie immer Kinder aus ihrer Klasse, bei sechzig Kindern war das auch kein Wunder.
Eine andere Beschäftigung bereitete ihr zurzeit viel Spaß: Gartenarbeit. Angeregt durch Christines Bruder, der schon im letzten Jahr einen kleinen Garten für sich allein angelegt hatte, war bei den beiden Mädchen der Ehrgeiz erwacht, auch so etwas zu gestalten. Vor allem die hohen Sonnenblumen hatten ihren Neid geweckt. Ihre Sonnenblumen sollten noch viel höher wachsen. Oberhoffs Gärtner hatte ihnen im Frühjahr ein Beet abgesteckt und auch einige Samentütchen gegeben: »Sucht euch kleine Stöckchen, wenn ihr den Samen in der Erde habt, und stülpt die Tütchen darüber, sonst vergesst ihr, was ihr gesät habt.«

Mit Feuereifer machten sich die beiden an die Arbeit. »Komm, wir müssen Steine für die Umrandung suchen«, sagte Christine. Das hatte sie sich beim Garten ihres Bruders abgeguckt. Es erwies sich als mühsame Angelegenheit. Sie entschlossen sich, die Abstände zwischen den Steinen großzügig zu bemessen. Herr Brunne, der Gärtner, hatte sie von Weitem beobachtet, wie sie versuchten, Gras und Unkraut auszuzupfen und mit ihren kleinen Schaufeln das Beet umzugraben. Er näherte sich mit seinem riesengroßen Spaten. »Wenn die Erde so lange nicht aufgelockert wurde, könnt ihr das mit euren Geräten nicht schaffen.«

Ein paar kräftige Spatenstiche, und schon kam die dunkelbraune Erde zum Vorschein. Die Mädchen sahen ein, dass sie das nicht allein geschafft hätten. »Danke, Onkel Brunne.«

Christine streckte ihm ihre Hand entgegen, Ute bedankte sich ebenfalls mit Handschlag und Knicks.

33.

Im August sollte auf der Wittener Straße ein Kinderschützenfest stattfinden. Ute wusste nicht, wer die Nachricht zuerst erfahren hatte, die meisten wussten schon dies oder das über das Fest. »Wo soll denn gefeiert werden?«
Ute fragte in den Kreis von Kindern hinein, die eifrig miteinander redeten, wahrscheinlich zu diesem Thema. »Oben auf Diergarts Hof!« Neben der Oberhoffschen Villa führte eine Verbindungsstraße zur Königstraße. In dem alten Bruchsteinhaus auf dem Hügel wohnte Familie Schulte: Sie hatten eine sechsjährige Tochter, die aber noch nicht zu den Kindern auf der Wittener Straße zum Spielen kam. »Der Herr Schulte will das Fest organisieren. Er ist schon dabei, den Vogel aus Lehm zu formen.«
»Vogel aus Lehm?« Ute hatte keine Ahnung, was alles zu einem Schützenfest dazugehörte.
»Wenn er fertig ist, dürfen wir vorbeikommen. Die Figur muss jetzt mindestens eine Woche trocknen, dann wird sie angemalt und verziert«, erklärte Willi. Er ging oft zu Herrn Schulte und wusste daher genau über die Vorgänge Bescheid.
Ute konnte es kaum abwarten. Mit Christine im Schlepptau ging es zu der Werkstatt neben dem Haus. Die Tür war nur angelehnt und gab den Blick in den kleinen Raum frei: Regale bis unter die Decke, vollgestopft mit Holzstücken, Metallteilen und unzähligen, halb verrosteten, mit Farbe bekleckerten Dosen. In der Mitte des Raumes erstrahlte in leuchtendem Rot der Vogel, auf dem Kopf ein goldenes Krönchen, in den Vorderkrallen rechts ein Zepter und links eine goldene Kugel, den »Reichsapfel«, wie Herr Schulte später erklärte. Der Vogel war auf einen Besenstiel modelliert, der in einer Schraubzwinge am Werkzeugtisch Halt fand.
Frau Schulte kam herbei. »Na, wie gefällt euch der Vogel?

Mein Mann ist übrigens heute nach Hagen gefahren, etwas für den Kletterbaum zu kaufen.«

Am Sonntag fand auf dem Platz am Schnodderbach unterhalb des »Freien Bocks« das Königschießen statt. Nicht nur Kinder, auch Erwachsene sah man in Richtung Scheder Wald marschieren. Christine hatte sich ein wenig verspätet, und so ging es im Dauerlauf, man wollte nichts verpassen. Ein hoher Pfahl überragte die Menge. Mit viel Draht war der Vogel darauf befestigt. Rechts daneben bildeten die großen Jungen eine Schlange. Herr Schulte dirigierte sie noch ein wenig zur Seite und dann ging es los. Der Erste in der Reihe – es war Gerd – stellte sich auf die markierte Stelle, holte einen Stein aus seiner Hosentasche, legte ihn in die Schleuder und schoss los.

Alle Jungen hatten eine Steinschleuder in der Hand, die sie sich mit Hilfe einer Astgabel und eines Weckrings selbst gebastelt hatten. Daneben – Ute stockte der Atem. Wenn er getroffen hätte? Der schöne Vogel! Im weiteren Verlauf der Veranstaltung wurde Ute klar, dass das die Absicht der »Schleuderer« war. Alle klatschten begeistert, als Egon den ersten großen Brocken aus der Brust herauslöste. Ein noch heftigerer Applaus erschallte, als Hubert einen Lehmklumpen samt Zepter auf den Boden beförderte. »Der zweite Adjutant.«

Ute verstand nichts. Als Huberts Bruder Friedel den Reichsapfel herunterholte, ertönte es: »Der erste Adjutant!«

Der Vogel sah jetzt traurig aus. Sein Körper war nur noch ein bisschen Drahtgeflecht. Der Kopf mit der Krone jedoch war noch heil. »Die Krone, die Krone, hol die Krone!«, wurden die Jungen angefeuert. Da! Jetzt hatte der Vogel keinen Kopf mehr, die Krone blieb oben auf dem Drahtgewirr haften. Wer die Krone abwirft, wird Schützenkönig, das hatte Ute mittlerweile mitbekommen. Ganz schief hing sie schon, fiel aber noch nicht herunter. Jetzt kam der größte Junge, Bernd, wieder an die Reihe. Sein kräftiger Wurf löste den letzten Verbindungsdraht der Krone von dem Rest. Klatschen und Jubel bei den Zuschauern. Jemand hob die kleine Krone auf und reichte sie Bernd. Fast so schnell war Herr Schulte zur Stelle und setzte ihm eine Krone auf seine hellblonden Locken, die ihm wie angegossen passte.

Er nahm ihn bei der Hand und rief: »Bernd I. – Kinderschützenkönig von der Wittener Straße!« Was er jetzt sagte, ging im Tumult unter, aber es ging wohl darum, wen er zu seiner Königin wählen würde. Allen war klar, das konnte nur Magda sein, Minuten später standen die beiden nebeneinander und wurden von allen bejubelt. Christine wurde von Friedel zur Adjutantenfrau gewählt, Ute von Hubert, das bedeutete, die vier gehörten zum engsten Kreis des Königspaares.

Die nächste Woche verging wie im Fluge. Frau Lindner unterstützte Herrn Schulte tatkräftig. Sie ging von Haus zu Haus und erbat Kuchenspenden für das große Kaffeetrinken. Die Kinder ließ sie fragen, ob man für den Tag eine weiße Tischdecke oder ein Betttuch missen könne. Auch Papierlaternen und Kerzen wurden gesammelt. Geschirr und Besteck sollte jeder selbst mitbringen. Oma würde einen Apfelkuchen backen. Ute freute sich, bisher war in ihrer Familie noch niemand von ihrer Begeisterung für das Schützenfest angesteckt. Mama saß fast den ganzen Tag an dem großen ehemaligen Esstisch, schrieb »Vanilleeis«, »Erdbeereis«, »Leberwurst« und vieles mehr. Als sie noch Blumen malte, war sie viel besser gelaunt. Jetzt aber war ihr Rat gefragt. »Mama, ich brauche fürs Schützenfest ein langes Kleid. Ich gehöre zum Hofstaat.«

»Dann mache ich dir einen Rock von mir in der Taille enger, eine Bluse werden wir dazu schon finden.« Enttäuschung machte sich in Utes Gesicht breit. Christine würde das lange Kleid tragen, das für eine Aufführung bei Frau Lohl extra für sie genäht worden war. Mama hatte Utes Kummer bemerkt. Wie ein Mauerblümchen sollte ihre Tochter bei dem Fest nicht aussehen. »Ich habe noch einen wunderbaren Stoff, gerade richtig für ein langes, festliches Kleid.«

Aus einer alten Kiste zog sie einen halb transparenten, hellblauen Stoff hervor. »Das sind die Gardinen aus unserer ersten Wohnung in Erlangen.«

Mama nahm das Gewebe in die Hand und guckte gedankenverloren. Oma wurde um Rat gefragt. Sie war begeistert und sah das Kleid schon vor sich. Das Schneiden und Zusammenste-

cken wurde noch am gleichen Abend erledigt. Am nächsten Tag würde Oma es schon nähen. Durch das Verwerten der Volants für Kragen und Rocksaum sah es wie ein richtiges Ballkleid aus. Ute war glücklich und die Vorfreude auf das Fest nun ungetrübt.
Am Sonntagmittag klingelte es. Oma, die aufgemacht hatte, rief durch die Diele: »Ute, bist du fertig? Der Hubert will dich abholen!«
Natürlich war Ute fertig. Schon vor zwei Stunden hatte sie ihr Kleid angezogen. Beim Mittagessen hatte Opa gewitzelt: »Die Prinzessin gibt uns die Ehre«, worauf Ute entgegnete: »Opa, ich hab es doch schon dreimal gesagt, ich bin eine Hofdame.«
Mama hatte ihr wieder mit Zuckerwasser Korkenzieherlocken gedreht. Diesmal ohne Utes Murren. Ihr war klar, zu diesem Kleid passten keine Affenschaukeln.
Schüchtern stand Hubert in seinem schwarzen Kommunionsanzug in der Diele. Obwohl er aus diesem Kleidungsstück schon ziemlich herausgewachsen war, wirkte er in seinem blendend weißen Hemd mit der seidig glänzenden roten Schärpe über der Jacke nicht alltäglich. Statt feierlich zu schreiten, rannten die beiden los, denn am Straßenrand stand schon die Kutsche, in der Christine und Huberts Bruder Friedel saßen. Das Gespann kam Ute bekannt vor. »Ist die Kutsche nicht von Schloss Mallinckrodt?«
»Natürlich, wer hat denn sonst so eine schöne Kutsche.« Hubert verstand nicht, wie man da noch fragen konnte. Es war ein offener Einspänner, der außer dem Kutschersitz vier Plätze bot. Ute und Hubert hatten sich hinter der Ziehармоnikaspielerin eingereiht. Jetzt fehlte nur noch das Königspaar, alle andern hatten sich nach und nach dem Zug angeschlossen. Auch Erwachsene sah man darunter, vor allem die, die bei der Vorbereitung mitgewirkt hatten. Magda und Bernd wohnten im gleichen Haus, sie standen schon in der Tür, als die Kutsche anhielt. Unter Hochrufen geleiteten die beiden Adjutanten das Königspaar auf ihre Plätze. Ute fand, die beiden sahen richtig würdig aus. Magda trug ein blaues Kleid mit langen Ärmeln, das war bestimmt von ihrer Mutter, Bernd einen richtigen Anzug. Krone und Schärpe waren aber für ihre Rolle unverzichtbar.

Jetzt konnte der Umzug durch Wetter starten, die Musik setzte ein und alle sangen kräftig mit: »Wir feiern heute Schützenfest, Schützenfest ... Die Magda ist die Königin, Königin ... Der Bernd ist der Köhönig, Köhönig ...«
Es folgten alle bekannten Wanderlieder. Ute bewunderte die junge Frau, die so mühelos ihr Instrument beherrschte und dabei noch flott voranschritt. Sie drehte sich um und fragte Ute: »Hast du vielleicht noch einen Liedvorschlag?«
»Geh' aus mein Herz und suche Freud'«, kam die spontane Antwort. Es war Utes Lieblingslied, das sie in der Jungschar oft sangen. Und jetzt bei Sonnenschein und so viel Freude schien ihr dieses Lied sehr passend.
»Das ist leider kein Lied, zu dem man marschieren kann.«
Zum dritten Mal stimmte man an: »Wir feiern heute Schützenfest, Schützenfest ...«
Sie zogen am Rathaus vorbei zur Freiheit, zurück über die Königstraße, bis man wieder bei Diergardts Hof anlangte. Der Kutscher verabschiedete sich, die übrigen Teilnehmer verteilten sich auf der großen Wiese. Ute stand in Treppennähe und beobachtete, wie die gespendeten Kuchen herangetragen und auf die Tische gestellt wurden, die bereits mit kunterbuntem Geschirr eingedeckt waren. Schon von Weitem konnte sie ihren eigenen Teller und die Tasse erspähen.
Das wird nicht schwierig, das Richtige hinterher herauszufinden, dachte sie.
Die Gedecke für das Königspaar stachen heraus, leuchtend blau mit breitem Goldrand. Bestimmt hatte Herr Schulte sie besorgt. Ihm waren auch Kleinigkeiten sehr wichtig. Um das riesengroße U, das die Tische bildeten, waren Drähte gespannt, über die die bunten Krepppapiergirlanden geschlungen waren. Ute hatte letzte Woche beim Schnibbeln kräftig mitgeholfen, aber keine Vorstellung gehabt, wie und wo sie dekoriert würden. Die Erwachsenen redeten oder lächelten glücklich vor sich hin, die Kinder konnten trotz des leckeren Kuchens den Beginn der Spiele kaum erwarten. Was hatte Herr Schulte wohl alles in Hagen besorgt?
In den Krabbelsack durfte jeder einmal hineinfassen, ein Trost

für die, die bei den Wettspielen nicht zu den Ersten gehörten. Die langen Röcke oder Kleider störten gewaltig beim Eierlaufen oder Rückwärtslaufwettbewerb. Beim Sackhüpfen machte es kaum einen Unterschied. Ute stopfte den langen, mit Volants besetzten Rock in den Sack und sprang mit aller Kraft los. Sie war Zweite hinter Christine und bekam ein Jojo als Preis. Mitten auf der Wiese ragte ein hoher Pfahl in den Himmel. Am Kranz an der Spitze baumelten verlockende Päckchen. Da hinaufzuklimmen war nicht einfach. Die meisten rutschten nach ein paar Metern wieder herunter. Jeder hatte nur einen Versuch, und so blieben am Schluss ein paar Päckchen oben hängen. Die Zeit verging wie im Fluge. Ute beobachtete die Erwachsenen, die erneut den Tisch deckten. Schüsseln mit Kartoffelsalat wurden herangetragen, und sie wusste, es würde auch Würstchen dazu geben. Als das Abendessen vorüber war, dämmerte es schon, und man stellte sich auf zum Fackelzug. Es dauerte eine ganze Weile, bis sich der Zug in Bewegung setzen konnte. Streichhölzer wollten nicht zünden, Kerzen kippten in der Laterne um. Eine Mondlaterne fing Feuer. Endlich – die bekannten Zieharmonikaklänge. Herr Schulte, der mit der Musik voranging, wählte eine kürzere Strecke als am Nachmittag. Am Amtsgericht bog man links ab und nach ein paar Schlenkern landete man wieder auf der Königstraße.

Es war mittlerweile schon ziemlich dunkel. Die Erwachsenen saßen noch am Abendbrottisch und unterhielten sich angeregt. Einige Kinder setzten sich zu ihren Verwandten, andere tollten auf der Wiese herum. Christine wurde von ihrem Bruder abgeholt. »Du sollst sofort mitkommen«, war die strikte Anweisung auf ihre Bitte hin, noch ein bisschen bleiben zu dürfen. Ute hatte auch noch keine Lust zu gehen. Sie setzte sich neben die beiden Tanten von Karin Schlüter, die sich nachträglich hinzugesellt hatten. Auch einige Zaungäste hatten sich eingefunden und schauten zu den Tischen herüber, auf denen jetzt die restlichen Kerzen abbrannten. Wieder ertönte das Akkordeon und spielte Walzermelodien oder bekannte Lieder. Jetzt sangen vor allem die Erwachsenen. Zum Schluss wurde fast feierlich »Kein schöner Land in dieser Zeit« gesungen. Ute, die kräftig mit

eingestimmt hatte – sie mochte dieses stimmungsvolle Lied –, bemerkte bei ihren beiden Tischnachbarinnen einen jähen Stimmungsumschwung. »So ein Lied kann man doch heutzutage nicht mehr singen. Kein schöner Land in dieser Zeit als hier das unsere weit und breit – Trümmer weit und breit, das müsste man singen. Wetter hat ja noch Glück gehabt, aber unsere wunderbaren deutschen Städte ...«
»Wie recht du hast, ich habe genauso gefühlt. Aber das ist so ein altes Volkslied, da denken die meisten nicht über den Text nach. Schau mal, Ute, da kommt deine Großmutter und will dich abholen, dann können wir ja alle zusammen gehen.«
Ihre Tischnachbarinnen erhoben sich. Ute sah, es gab keine Verlängerung. Nur ein paar Minuten nach ihrer Freundin trat sie den kurzen Heimweg an.
Heute konnte Ute lange nicht einschlafen. Wunderbare Bilder tanzten in ihrem Kopf herum. Das war wohl das schönste Kinderschützenfest, das man in Wetter je gefeiert hat, da war sie sich sicher. Aber auch das Gespräch zwischen Karins Tanten ging ihr nicht aus dem Sinn. In Hagen und Witten hatte sie mit eigenen Augen gesehen, was der Krieg angerichtet hatte: die Häuserruinen und Trümmerfelder. Das Haus von Oma und Opa in Witten war nur noch ein Schutthaufen gewesen. Plötzlich schwappte Utes Stimmung um. Katrins Tanten hatten ja recht. Dieses Lied wollte sie nie mehr singen.

34.

In diesem Herbst hatte Mama zuversichtlich geglaubt, Papa würde heimkehren. Sie hatte eine Wahrsagerin aufgesucht. »Ihr Mann kommt zurück, wenn die Blätter fallen.« Der Bruder von Christel Döing und der Verlobte von Marie Born waren bei den Heimkehrern, aber Utes Vater war immer noch in Russland. Mama war verzweifelt. Opa schimpfte heftig über die Wahrsagerin: »Zieht den Leuten das Geld aus der Tasche und weiß im Grunde nichts.«
Ute gefiel Opas hartes Urteil über die Wahrsagerin nicht. Sie glaubte daran, dass einige besondere Menschen in die Zukunft blicken könnten. »Vielleicht waren das keine Blätter, sondern Schneeflocken, die sie gesehen hat, und Papa kommt im Winter.«
Oma hatte das Gespräch mitbekommen und versuchte nun, Ute ein wenig abzulenken. »Würdest du zum Bäcker gehen und ein Brot holen, du darfst dir auch ein Teilchen mitbringen.«
Ute lächelte. Sie ging gerne alleine einkaufen, seit es vieles ohne Marken gab und man auch nicht mehr lange anstehen musste. Fröhlich machte sie sich auf den Weg.
Oma machte zwar weiterhin die Besorgungen, aber wenn sie ein Teil vergessen hatte, schickte sie ihre Enkelin. Utes Lieblingsgeschäft war das Seifenhaus. Der Name war irreführend. Es war nur ein kleiner Laden, die Regale bis unter die Decke vollgestopft mit allen erdenklichen Körperpflegemitteln in Tütchen, Schächtelchen oder Döschen. Alles zusammen bildete eine Duftkomposition, die Ute schon in der Nase hatte, wenn sie das Geschäft noch gar nicht betreten hatte. Dieser Geruch war trotz einiger neuer Produkte nach der Währungsreform unverändert. Manchmal bekam sie von Frau Blank eine kleine Figur oder Anstecknadel geschenkt, was die Anziehungskraft dieses Geschäftes natürlich noch erhöhte. In der Verdunklungszeit im

Krieg hatte Oma hier Leuchtplaketten erstanden. Jeder in der Familie hatte eine an seinem Mantel stecken. Ute hatte das mit der Verdunklung spannend gefunden und bedauert, nicht noch später auf der Straße unterwegs sein zu dürfen. Dann würde man nur noch hellgrüne Punkte über den Straßen schweben sehen.

Wieder einmal hatte Oma Ute ins Seifenhaus geschickt, ein Stück Varta-Seife zu kaufen. Mit dieser Seife war sie einigermaßen zufrieden. Die nach Teer riechende dunkle Kriegsseife und auch die Schwimmseife waren für Oma häufig der Anlass gewesen, über die guten alten Zeiten zu reden. Lange hatte sie in ihrem Kleiderschrank einen türkisgrünen Karton mit drei Stückchen Seife aufbewahrt. Ute hatte oft daran geschnuppert. Durch das Papier war der herrlich frische Duft zu riechen gewesen. »Das ist echte 4711-Seife, die gibt's nicht mehr zu kaufen.«

Irgendwann hatte sich Oma entschlossen, sie aufzubrauchen, aber die Enttäuschung war groß. Der Duft war fast verflogen und schäumen tat sie auch kaum noch.

Das größte und attraktivste Geschäft in Wetter war das Textil-Kaufhaus Schulze. Hier sah man Ute auch schon mal, wenn sie nichts zu besorgen hatte, und zwar mit ihrer Freundin Christine. Die Frau des Besitzers war Christines Tante, und so konnten die beiden nach Herzenslust in dem verwinkelten Gebäude herumspazieren. Nach der Währungsreform gab es bei Schulze wieder eine Auswahl an Konfektion, und die beiden Mädchen beobachteten auf den oberen Treppenstufen hockend, wie sich Kundinnen in neuen Kleidern vor dem Spiegel drehten. Oma und Mama sprachen das Wort Konfektion verächtlich aus. Oma war zwar keine Schneiderin von Beruf, was sie aber an Kleidern, Blusen und Röcken für Tochter und Enkelin kreierte, war perfekt und wurde auch von Außenstehenden bewundert. Man war jedoch erfreut über die neue Stoffauswahl. »Keine eingefärbten Wolldecken mehr!«

Oma tat einen Seufzer der Erleichterung.

Einen Mantel oder ein Kostüm aus dickerem Stoff ließ sich Mama bei der Schneiderin, Frau Stein, nähen. Gern begleitete Ute Mama zur Anprobe, obwohl sie am anderen Ende der Stadt wohnte. Sie lächelte Ute immer so lieb an, hatte auch stets eine Kleinigkeit für sie, Bonbons oder Kekse: »Damit fällt das Warten leichter!«

Ute schaute sich jedes Mal in dem geräumigen Zimmer um, dessen Mittelpunkt der riesige Schneidertisch bildete. An den Wänden ringsherum hingen gerahmte Bilder von Frauen in eleganten Kleidern. »Wahrscheinlich aus Modezeitschriften ausgeschnitten«, dachte Ute.

Zwischen den beiden Fenstern hing ein Bild – Ute kannte es in einigen Variationen: es war der ovale Blütenkranz mit dem Spruch »Immer, wenn du meinst es geht nicht mehr, kommt von irgendwo ein Lichtlein her ...«

Menschen, die diesen Spruch wählen, müssen wohl sehr traurig sein, dachte sie.

Sie wusste nicht viel über Frau Stein, nur dass sie allein lebte. Ute fragte Mama auf dem Nachhauseweg, warum Frau Stein keine Familie habe.

»Sie hatte einen Freund, der gleich im ersten Kriegsjahr gefallen ist.«

Ute beschloss, Frau Stein beim nächsten Mal etwas Schönes mitzubringen. Vielleicht ein selbst gemaltes Bild, ihr Lieblingsmotiv war im Moment ein Kirschbaum im Frühling. Aber sie wollte sich die Einzelheiten noch überlegen.

Dank Opas Großzügigkeit besaß Ute immer ein, zwei Mark – die gab sie aber nie so leichtfertig aus, wie sie es früher mit dem alten Geld getan hatte. Ein Geschäft aber zog sie magisch an: Haushaltswaren Remt. Eigentlich waren es zwei Geschäfte mit jeweils einer Theke. Links gab es Töpfe, Pfannen und Geschirr, der rechte Teil bot neben Glühbirnen, Schlössern, Nägeln, Schrauben und vielen anderen nützlichen Dingen für die Erwachsenen auch Verlockendes für Kinder. Das Sortiment wechselte, man musste immer wieder mal vorbeischauen, was es Neues gab. Im letzten Sommer hatten Diabolos von Remt aus den Siegeszug durch die Stadt gemacht. Mit 1,50 DM waren sie nicht gerade billig. Die Diabolobesitzer trugen Wettkämpfe aus, umringt von den kritischen Zuschauern: Wer schnell das Gummiding am höchsten in die Luft, wer kann die tollsten Kunststücke? Ute konnte dabei nicht glänzen und lieh das Spielzeug oft an andere Kinder aus.

Jetzt stand sie in dem dämmrigen Geschäft und ließ ihre Blicke über die Regale schweifen. Kleine Bälle, Jojos, Kartenspiele – nichts Neues! Ute wollte schon wieder gehen, da entdeckte sie in einer Ecke einen alten, eingerissenen Karton, ein Puppenkopf mit langer Nase guckte heraus. Sie trat näher an die Schachtel heran und hob den Deckel ganz hoch: Kunterbunt durcheinander – Köpfe für Kasperlepuppen. Neben dem Kasper entdeckte sie gleich den Teufel, eine Prinzessin und den Seppel. Obwohl aus einigen Figuren ein Stück herausgebrochen war, verspürte Ute den Wunsch, sie zu besitzen.

Lange hatte sie den Marionetten nachgetrauert, die sie in Pisek zurücklassen musste. Mit Schmirgelpapier und Farbe wäre hier bestimmt etwas zu machen. Oma würde ihnen Kleider nähen.

Herr Remt, der beobachtet hatte, mit welcher Begehrlichkeit Ute in den Karton geblickt hatte, wandte sich zu ihr: »Kannst du die Köpfe gebrauchen?«

Und ob sie konnte.

»Ich schenke sie dir. Sie sind ein bisschen angeschlagen, aber vielleicht könnt ihr sie reparieren.«

»Geschenkt?« Das hätte sie sich nicht träumen lassen. Artig bedankt sie sich und ergriff den Karton mit beiden Händen. Schwer war er nicht. Die Köpfe waren wohl aus Sägemehl und Leim geformt, das hatte sie an den schadhaften Stellen schon erkennen können.

Zu Hause wurde ihr Schatz nicht mit der Begeisterung aufgenommen, die sie erwartet hatte. Oma versprach zwar, Stoff herauszusuchen und Kleider zu nähen, klang aber nicht so, als ob sie gleich damit anfangen wollte. Ein bisschen enttäuscht zog sich Ute ins »Stübchen«, ihr halbes Zimmerchen, zurück, nicht bevor sie eine Feile aus Opas Werkzeugschublade und einen von Mamas Aquarellkästen aus dem großen Flurschrank organisiert hatte. Nach dem Feilen hatte sie den angefeuchteten Pinsel kräftig in den Aquarelltöpfchen herumgerieben, dann die Farben auf die Figuren aufgetragen. Sie betrachtete ihr Werk und war sichtlich zufrieden. »Jetzt noch die Kleider und das Theater!«

Utes Ungeduld steigerte sich. Möglichst schnell sollte die erste Aufführung stattfinden. In dem alten Flurschrank lag noch verschiedenfarbiges Krepppapier. Daraus fertigte Ute in Windeseile Umhänge an. Mit einem Stück Garn befestigte sie die Krepppapiergebilde am Hals. Jetzt benötigte sie noch Klebstoff, um das ein oder andere Hütchen zu basteln. Oma kam hinzu und half mit Stecknadeln aus, da kein Kleber im Haus war. Sie lobte Utes Arbeit: »Dann müssen die Puppen nicht frieren, bis ich ihnen Kleider genäht habe ...«

»Oma, ich möchte euch heute Abend etwas vorspielen, hilfst du mir, das Küchensofa ein bisschen von der Wand abzurücken?«

Und so staunten beim Abendessen besonders Mama und Opa, als sie von einer Kasperfigur mit langer Nase und roter Mütze begrüßt wurden, die über der Rückenlehne des alten Sofas hin und her zappelte.

»Guten Abend, Sie sehen jetzt das Stück ›Kasper kommt in die Schule‹, und der Kasper, das bin ich!«

Es folgten Bruchstücke einer Aufführung, die Ute mit der Klasse im Bauerschen Saal gesehen hatte. Die Kasperlefigur beantwortete dabei die Fragen des Lehrers immer falsch, aber witzig. Den Lehrer ließ Ute bei den Antworten laut lachen und steckte damit ihre drei Zuschauer an, die das Stück beklatschten. Die Schlusspointe hatte sie auch noch in Erinnerung. Kasperle juxte: »Herr Lehrer, darf ich auch eine Frage stellen?«

»Natürlich, frag mich nur!«

»Also, was wird größer, wenn man etwas davon wegnimmt.«

»Das gibt's nicht, Kasperl.«

»Doch, ein Loch!«

Damit beendete Ute ihre Vorstellung und setzte sich an den Küchentisch zu den anderen. Beim Essen wurde überlegt, was man alles für die Puppen besorgen, und wie man ein schönes Theater herstellen könnte. Oma äußerte sich bedeutungsvoll: »Bis Weihnachten ist's ja auch nicht mehr so lange.«

An Weihnachten hatte Ute noch gar nicht gedacht. Der

November war recht sonnig, die Bäume hielten ihr buntes Laub noch fest. War schon wieder fast ein Jahr vergangen seit dem letzten Weihnachtsfest?

Lange beschäftigte sie dieser Gedanke nicht. Mit Appetit verspeiste sie ihr Abendessen.

35.

Zwei Wochen später war es nicht mehr zu übersehen: Das Fest näherte sich mit Riesenschritten. Die Geschäfte in Wetter hatten ihre Auslagen mit Tannengrün, Kugeln und Lametta geschmückt. Mama nahm sich die Zeit, mit Ute nach Hagen zu fahren, dort sollte die Dekoration besonders schön sein, vor allem bei abendlicher Beleuchtung. Hagen war im Krieg sehr stark zerstört worden. Viele Häuser auf der Elberfelder Straße waren den Bomben zum Opfer gefallen. Die meisten Geschäftsinhaber hatten es gerade einmal geschafft, das Erdgeschoss wieder herzurichten. Die so entstandenen Flachdächer waren nun bevölkert von überlebensgroßen Figuren aus bekannten Märchen. Utes Augen leuchteten: »Guck mal, Mama, das Zwergenhäuschen ist von innen beleuchtet und richtige Gardinen hängen vor den Fenstern, und guck mal die Blumentöpfe!«

Bei Hänsel und Gretel bewunderte sie das Hexenhaus: »Die Lebkuchen sehen aber echt aus.«

»Ja, zum Reinbeißen.« Auch Mama fand Gefallen an den Darstellungen. Ute kannte sich mit den Märchen aus, und so sah sie gleich, dass auf dem nächsten Dach Rumpelstilzchen um ein Feuer tanzte. Sie zog Mama, die sich in die Auslagen eines Hutgeschäftes vertieft hatte, dorthin, wo sich eine Menschentraube gebildet hatte. Eine Szene – doppelt so breit wie die anderen – war die Attraktion: Ein riesengroßer Weihnachtsmann, umgeben von Engeln und Zwergen.

»Schau mal, Mama, die Figuren bewegen sich, und der Weihnachtsmann winkt uns zu.« Ute war ganz aufgeregt. »Die Engel spielen auf ihren Instrumenten und die Zwerge wackeln mit dem Kopf.«

Aus einem Lautsprecher tönten bekannte Weihnachtslieder. Nach einigen Minuten hielt sich Ute die Ohren zu. »Die Musik ist so laut und klingt gar nicht schön.«

Utes Mutter hatte auch bemerkt, dass mit dem Lautsprecher oder den Platten irgendetwas nicht stimmte. Sie mussten ohnehin den Rückweg antreten. Im Zug ließ Ute die Bilder vor ihrem inneren Auge vorbeiziehen. Oma und Opa bekamen eine höchst lebhafte Beschreibung des Gesehenen. Utes Großmutter meinte zum Schluss: »Du hast mir alles so genau beschrieben, da kann ich mir die Fahrt nach Hagen sparen.«

In diesem Jahr durfte Ute bei den Weihnachtsvorbereitungen mithelfen, beim Plätzchenbacken sogar die Verzierungen machen. Vorsichtig drückte Ute Pünktchen und Kringel aus einer Tüte auf das ofenfrische Backwerk. Manchmal schoss der Guss wie wild heraus, dann wieder kam gar nichts. Dementsprechend sahen Utes Kreationen aus. »Wie hatte Mama das immer so gleichmäßig hingekriegt?« Als diese in die Küche kam, wunderte sich Ute. Warum kritisierte sie ihre misslungenen Verzierungen nicht? Darauf geschaut hatte sie schon. Sie blieb stumm und nachdem sie sich am Küchenherd ein wenig aufgewärmt hatte, ging sie zurück zu ihren Schildern. Seit einiger Zeit gab es nur wenige Tage, an denen sie fröhlich schien. Mit den Zelluloidschildern allein konnte das nicht zusammenhängen. Der Grund war wohl eher, dass Mama zweifelte, ob Papa wieder nach Hause kommen würde. Neulich hatte Ute ein paar Gesprächsfetzen mitbekommen. Tröstend hatte Oma auf ihre Tochter eingeredet: »Es kommen doch immer noch Heimkehrer an. Ich habe im Gefühl, beim nächsten Mal ist Paul dabei.«

Stolz war Ute auch, als sie beim Weihnachtsbaumkauf mitentscheiden durfte. Das war gar nicht so einfach. Ratlos stand sie mit Opa an der Verkaufsstelle am Bahnhof. Das waren eher Besenstiele mit ein bisschen Tannengrün herum. Opa und Ute waren sich einig: So ein mickriges Bäumchen konnten sie nicht mit nach Hause bringen. Der Verkäufer deutete das Mienenspiel der beiden richtig. »Ihr kommt auch ein bisschen spät, aber wartet, ich hab da noch eine schöne Tanne!«

Mit einem Ruck stellte er einen Baum senkrecht vor den beiden auf: »Seht euch dieses Prachtexemplar an. Dichtes Grün, ganz gleichmäßig gewachsen. Eine Schönheit.«

»Aber sehr groß«, Opa, der nicht gerade klein war, schaute zur Baumspitze hoch, »und daher bestimmt sehr teuer.«
»Ich mach euch einen guten Preis.«
Die Entscheidung war ohnehin schon gefallen. Ute strahlte übers ganze Gesicht: »So ein schöner Baum!«

Oma stand vor dem Haus und hielt ein Schwätzchen mit einer Nachbarin, als sich Opa – den großen Baum hinter sich herziehend – und Ute näherten. »Ach, du meine Güte, was ist das denn für ein Monstrum!«
»Der schönste Baum, den du je gesehen hast.«
Oma ließ sich nicht einschüchtern. »Aber der ist doch viel zu groß, und außerdem war er bestimmt sehr teuer!«
»Beruhig dich, Adele, er war nicht teurer als ein kleiner.«
Als der Baum dann am Morgen des Heiligen Abends in voller Größe im Wohnzimmer stand, kamen Mama andere Bedenken. »Wir haben ja gar nicht genug Schmuck für den Baum!«
Da hatte sich Ute schon einiges überlegt. Aus Goldpapier hatte sie lange Ketten gebastelt. »Außerdem kommen Omas silberner Kugelschmuck und das Lametta auch an den Baum.«
»Das passt doch gar nicht zu den Strohsternen«, warf Mama ein.
Aber diesmal verstand es Ute, sie vom Gegenteil zu überzeugen. »Mama, rate mal, wer jedes Jahr den schönsten Weihnachtsbaum hat, den man sich denken kann?«
Gespannt warteten alle darauf, dass Ute selbst die Antwort gab. Und prompt kam sie: »Die in der Hochstraße! Bei Tante Isolde hängen Goldenes, Silbernes, Buntes, sogar Gebäck und Bonbons kunterbunt durcheinander am Baum und es sieht einfach fantastisch aus.«
Mama gab klein bei. »Nun gut, nur noch ein paar Plätzchen und Bonbons mit Aufhängungen versehen und wir können mit dem Schmücken beginnen.«
Es wurde ein wunderbarer Baum und ein ebenso wunderbares Weihnachtsfest: Dass Oma in der Vorweihnachtszeit eifrig Kleider für die Kasperlepuppen genäht hatte, war Ute nicht entgangen, dass Opa jedoch aus Sperrholz ein Theater gebaut

hatte, war für sie völlig überraschend. Nichts war zu vernehmen gewesen. Sie hätte doch Sägegeräusche hören oder irgendwo Spuren von Sägemehl entdecken müssen. Opa lächelte vielsagend, aber Oma löste das Rätsel: »Ewald, hast du den Bollerwagen, mit dem du das Theater aus dem Betrieb geholt hast, wieder in den Keller gestellt?«

Die Weihnachtsferien waren gefüllt mit Plänen, was und wo sie mit ihrem Theater spielen könnte. Mit Christine, von Utes Theaterfieber angesteckt, spielte sie zunächst in der Diele vor einer Reihe von Puppen. In ihren Köpfen spielte sich aber schon eine weitaus sensationellere Vorstellung ab: vor den Kindern der Wittener Straße. Vielleicht dürften sie in die Kantine, aber zunächst mussten sie sich ein Stück ausdenken. Mit Grübeln über ein passendes Stück vergingen die Weihnachtsferien, das bedeutete auch, dass Christine wieder viel weniger Zeit hatte, und der Traum einer Aufführung war zunächst ausgeträumt.

Am letzten Ferientag, die beiden Freundinnen hockten gerade neben der Puppenkiste, hörten sie vom Wohnzimmer her seltsame Geräusche. Sie rannten den Tönen nach. Voller Entsetzen starrten sie auf den Weihnachtsbaum. Bis auf die Spitze und ein paar Kerzen war ihm nichts mehr geblieben. Der Baum hatte doch noch so schön ausgesehen. Gerade gestern hatte Ute sich mit ein paar Kindern auf der Straße darüber unterhalten, wie lange man den Baum in der Wohnung lassen könnte.

»Die Weihnachtszeit ist erst an Mariae Lichtmess vorbei, das ist der zweite Februar«, hatte Magda gesagt, und die wusste so etwas.

Dass es so lange nicht ging, war Ute klar – aber doch nicht schon heute. Opa wurde gerufen. Er schob den Baum zunächst ins Treppenhaus. Bis morgen konnte er hier stehen bleiben. Während Oma und Mama eifrig damit beschäftigt waren, die weihnachtlichen Spuren aus dem Wohnzimmer zu beseitigen, waren Ute und Christine unbemerkt ins Treppenhaus geschlichen, bewaffnet mit einer Schachtel Streichhölzer. Schnell waren die paar Kerzenstummelchen entzündet, die sich noch im Baum befanden. Auf der Flurtreppe sitzend schauten sie in das flackernde Licht. Das Flurlicht ging aus und steigerte die Stimmung, die der ausrangierte und so dürftig geschmückte Baum erzeugte. Plötzlich wurde es wieder hell. Frau Lichtenberg kam die Treppe herunter, sie strahlte: »Na, wollt ihr euch von eurem Baum verabschieden, dann wollen wir ihm noch ein Lied singen: Oh, Tannenbaum, oh Tannenbaum ...«

Frau Lichtenberg hatte eine schöne und auch sehr laute Stimme. Im Nu lehnten einige Hausbewohnter über dem Treppengeländer. Oma erschien an der Korridortür, sagte aber erst etwas, als Frau Lichtenberg den Gesang beendet hatte. »Pustet jetzt aber schnell die Kerzen aus, sonst brennt noch das ganze Haus!«

Ute fühlte: Weihnachten kann man nicht festhalten.

36.

Der Schulalltag ließ die wehmütigen Gedanken an das Ende der Weihnachtszeit schnell vergessen. Herr Hinz stellte ihnen zwei neue Klassenkameradinnen vor: Helma und Barbara aus Sachsen. Schüchtern standen die beiden Mädchen vor der Klasse. Lehrer Hinz schaute in die Runde. Heute, am ersten Schultag nach den Ferien, fehlte niemand. Alle Bänke waren mit je zwei Schülern besetzt.

»Bis morgen lasse ich noch eine Bank hereinstellen. Jetzt müsst ihr euch mal zu dritt eine teilen. Wir sind jetzt sechzig in der Klasse, ich glaube, mehr Bänke passen nicht in den Raum.« Zu den beiden Neuen gewandt sagte er: »Schaut mal, die Mädchen rücken schon zusammen.«

Helma nahm in der ersten Bank Platz, Barbara setzte sich neben Ute und Christine in die zweite Reihe. Ute war neugierig und wollte gleich Näheres von Barbara erfahren. Warum war sie aus Sachsen gekommen? Das war doch gar nicht so weit weg. Im Krieg war Ute mit Mama in Merane in Sachsen gewesen. Sie hatte kaum einen halben Satz in Richtung ihrer neuen Klassenkameradin gesprochen, als sie von Lehrer Hinz streng ermahnt wurde. Gott sei Dank blieb es bei der Ermahnung. Normalerweise musste man nach vorne kommen und ein Lineal schnackte auf die Backe. Für die Jungen war ein kleiner, biegsamer Stock reserviert.

In der Pause war das Geschnatter dann umso lauter. Weihnachten und die Geschenke waren die Hauptthemen. Die beiden Neuen waren von den anderen Klassenkameradinnen umringt. Sie nach Sachsen zu fragen, musste Ute auf ein andermal verschieben.

Sie hatte die Frage schon fast vergessen, als Opa ihr die Erklärung gab. Die Karnevalszeit war angebrochen. Aus dem Radio ertönte häufig: »Wir sind die Eingeborenen von Trizonesien.«

Schon sangen es die Kinder auf der Straße. Vor allem das »Hei, Schimmela Schimmela, bum« wurde laut herausgeschmettert. Über die Bedeutung des seltsamen Textes machte man sich kaum Gedanken. Als das Lied wieder einmal im Radio erklang, auch Opa hatte kräftig mitgesungen, fragte Ute plötzlich: »Opa, wo liegt eigentlich Trizonesien?«
»Hier in Deutschland!«
»Was? Hier? Ich dachte eher in Afrika.« Ute verstand jetzt gar nichts mehr.

Opa spielte den Lehrer: »Du weißt doch, es war Krieg, und danach haben die vier Länder, die Deutschland besiegt haben, die Engländer, die Amerikaner, die Franzosen und die Russen, Deutschland in vier Teile – man kann sagen ›Zonen‹ – aufgeteilt. Klar bis hierhin?«

Opa schaute Ute dabei an, die nickte und er fuhr fort: »Drei Zonen, die der Amerikaner, Engländer und Franzosen, schlossen sich zusammen und bildeten die Tri-Zone. Und wenn ein Lied über Trizonesien gesungen wird, dann bedeutet das ›Tri-Zone‹!«

Ute war begeistert. Das würde sie morgen gleich Christine erzählen. Plötzlich fiel ihr ein: »Was ist denn mit der vierten Zone, die die Russen besetzt haben?«

Opa hatte das Gefühl, Utes kleines Köpfchen schon genug strapaziert zu haben, und so äußerte er nur: »In der vierten Zone, der Ostzone, geht es den Menschen nicht so gut wie uns. Deshalb kommen in der letzten Zeit auch viele Menschen zu uns herüber.«

»Auch aus Sachsen?«
»Ja, auch aus Sachsen, aber wie kommst du darauf?«
Ute berichtete Opa von den beiden neuen Mitschülerinnen.

Allmählich wurde es wärmer und das Treiben der Kinder auf der Straße nahm deutlich zu. Ute gehörte mittlerweile zu den Größeren, aber was und wo gespielt wurde, das bestimmten immer andere. Im Herbst noch heiß begehrt, lagen die Diabolos jetzt unbeachtet im Schrank oder gar im Keller. Zurzeit war die Zehnerprobe angesagt. Dazu war ein guter, praller Gummiball vonnöten, den man noch mit einer Hand greifen konnte. So einen Ball besaß Ute nicht, sie schaute daher zunächst den anderen zu. Die Zahl der Zuschauer war ohnehin groß, die Jungen machten bei diesem Spiel nicht mit. Man ließ den Ball auf verschiedene Arten gegen die Wand ticken, je zehn Mal: mit der flachen Hand, dem Unterarm, dem Kopf, um den Körper herum, sogar bei angewinkeltem Bein ums Knie. Gewinner war, wer die meisten Proben ohne abzusetzen schaffte. Einige Mädchen spielten mittlerweile so geschickt, keiner konnte sie schlagen. Ute gehörte zu den Schlechtesten. »Wenn ich nur einen eigenen Ball hätte, dann könnte ich zusätzlich üben.«

Sie quälte Mama so lange, bis sie Besitzerin eines wunderschönen, rot glänzenden Balls war. Als sie am nächsten Tag aus der Schule kam, war die Wand in ihrer ganzen Breite mit Plakaten vollgeklebt: Die Namen Konrad Adenauer und Erich Ollenhauer sprangen Ute in die Augen. Opa hatte diese Namen in der letzten Zeit oft erwähnt. Deutschland würde demnächst eine Regierung wählen. Die beiden Männer schauten auf den Plakaten so ernst aus. Warum wollten die Deutschen gerade einen von diesen beiden wählen? Warum bekam Deutschland keine Königin? Das hätte Ute viel besser gefallen. In Opas Zeitung hatte sie neulich ein Bild der holländischen Königin gesehen, mit einem Diadem auf dem Kopf und einem wunderbaren Kleid an.

Zwischen den einzelnen Plakaten quoll noch feuchter Leim hervor. Ute, die gleich nach dem Essen mit dem neuen Ball üben wollte, musste den Plan verschieben. Als die anderen kamen und trotz der Leimreste mit dem Spiel begannen, fluchte man über die Plakate. Die Bälle tickten nicht mehr so gut zurück wie auf der glatten Wand. Eine andere Ecke fanden sie schwerlich, nicht nur wegen einer geeigneten Wand, sondern auch wegen der Hausbesitzer, die keinen Kinderlärm duldeten.

»Kommt, wir gehen in Oberhoffs Garten!«

Im Nu kletterten zehn, zwölf Kinder über das hohe Eisentor. Es gab es zwar keine Wand zum Ballspielen, aber jetzt im Frühjahr war es hier besonders schön. Hinter der Mauer – vom vorderen Eingang bis zum schmiedeeisernen Tor – reihten sich riesengroße Rhododendronbüsche in Rot, Weiß und Violett. Sie blühten so üppig – es fiel gar nicht auf, wenn man ein paar Zweige für zu Hause davon abknackte. Links vom Tor ragten die leuchtend gelben Dolden des Goldregens über die Mauer. Die rosafarbenen und weißen Blütenblätter der beiden Magnolienbäume bedeckten schon den Wiesenhang, aber als Kletterbäume waren sie für Ute und Christine das ganze Jahr über attraktiv. Beim Klettern rief Christine von oben: »Ich sehe den Kirchturm!«

»Den sehe ich auch«, vernahm man Ute ein paar Äste tiefer.

37.

Im Juli wurde Ute zehn Jahre alt. Ihre Vorfreude auf die Feier war riesig: die Geschenke, die Geburtstagstafel mit den Freundinnen bei Omas leckerer Torte. Es sollte ein ganz besonderer Tag werden.

»Hoffentlich wird das Wetter nicht so brütend heiß wie jetzt, sonst hat niemand Lust, zu mir zu kommen und gehen lieber in die Badeanstalt«, grübelte Ute zwei Tage vorher auf dem Weg zum Schwimmbad. Das war der einzige Ort, an dem man es jetzt aushalten konnte. Herrlich, wie das kühle Wasser der Dusche auf ihrer Haut prickelte. Das Wasser im See war richtig lau. In raschen Zügen schwamm Ute zum 50-Meter-Balken. Sie setzte sich zu den anderen auf die Holzplanke, ließ die Beine im Wasser baumeln und schaute dem regen Treiben im Schwimmbad zu. Am Sprungturm war heute nicht viel los. Ob das heiße Wetter träge machte? Ute blieb länger als üblich auf dem Balken sitzen und träumte vor sich hin. Mama hatte für ihren Geburtstag aus Hagen hauchdünne rosafarbene Servietten mitgebracht. Wenn man sie anzündete, schwebten sie hoch bis zur Zimmerdecke. Auf Ullas Geburtstagsfeier hatte Frau Peters die Gäste damit überrascht. Ute sah die Servietten über ihrem eigenen Geburtstagstisch aufsteigen, doch plötzlich: ein Schubs von hinten. Ute platschte kopfüber ins Wasser. Rechts und links von ihr hatte es noch zwei andere Mädchen getroffen. Prustend krabbelten sie wieder auf den Balken. Der oder die Übeltäter waren nicht mehr zu entdecken. Ute war wütend. Der Angriff von hinten war so überraschend gekommen, sie hatte ziemlich viel Wasser geschluckt. Zurück am Ufer packte sie ihre Badesachen zusammen. Die Kinder von der Wittener Straße, mit denen sie gekommen war, lagen faul auf ihren Decken und sonnten sich.

»Ein Sonnenbad bei der Hitze, Hilfe, das kann man ja nicht aushalten«, verabschiedete sie sich.

Der nächste Tag war ein Sonntag. »Nur noch einmal schlafen, dann bin ich zehn!«

Oma lächelte. »Wie die Zeit vergeht. Weißt du noch, als ihr aus Erlangen kamt? Ist das schon vier Jahre her? Damals warst du noch nicht in der Schule, und jetzt dauert es gar nicht mehr lange, dann kommst du aufs Gymnasium.«

Vom Gymnasium wollte Ute jetzt gar nichts hören. Gut, dass Oma nicht noch das Wort »Aufnahmeprüfung« erwähnt hatte, dann wäre ihre gute Laune im Nu verflogen. Aufnahmeprüfung, Aufnahmeprüfung. »Muss man dann im vierten Schuljahr nicht besonders fleißig sein?« Wie oft hatte sie das oder Ähnliches in der letzten Zeit gehört. Jetzt wollte sie nur an ihren zehnten Geburtstag denken.

»Oma, wann machst du die Torten fertig?«

Die Böden waren schon gebacken aber Buttercreme und Sahne, wovon Ute so gerne schleckte, fehlten noch.

»Bei der Hitze kann ich das erst morgen machen, im Keller ist es auch nicht so kühl«, erklärte Oma.

Ute musste an den großen Kühlschrank in Oberhoffs Küche denken. Schade, morgen früh, wenn Oma die Torten vollendete, mit Creme und Schokoladenstreuseln, gerösteten Nüssen und Marzipan, dann war sie in der Schule. Vor Aufregung konnte sie nichts zu Abend essen, außerdem schmerzte ihr Kopf. Ungewohnt schnell schlief sie ein, wachte in der Nacht aber auf, Durst quälte sie, sie fühlte sich sehr heiß. Oma hatte Ute bemerkt, als sie sich in der Küche Wasser holen wollte.

»Du glühst ja, Kind!«

Sie fühlte gleich, dass Ute Fieber hatte. Ehe sie sich versah, lag Ute wieder im Bett, ein feuchtes Tuch auf der Stirn und eines um die Füße. Da das Fieber trotzdem weiter stieg, wurde am Morgen der Arzt gerufen. Vor seiner Sprechstunde kam Dr. Weber schon vorbei. Wie aus großer Entfernung hörte Ute am Ende der Untersuchung: »Sommerinfektion, ein paar Tage Bettruhe und holen sie diese Tropfen aus der Apotheke!«

Mama, Oma und Opa gratulierten ihr zum Geburtstag und stellten Geschenke auf das Tischchen neben ihrem Bett. Eine Puppe mit goldenen Haaren nahm sie noch wahr, dann schlief sie wieder ein. Als Ute nachmittags aufwachte, fragte sie gleich nach der Uhrzeit.

»Die Uhrzeit …? Ähm …« Oma konnte es nicht verheimlichen, fürchtete sich aber vor den Tränen, die jetzt fließen würden. Zu ihrem Erstaunen war Ute ganz gefasst. »Wir können meinen Geburtstag doch nachfeiern, oder?«

Oma war erleichtert. »Natürlich, viele Leute feiern ihren Geburtstag nach. Wir holen die Feier am besten an einem Sonntag nach. Du bist ja auch an einem Sonntag auf die Welt gekommen.«

»Ich weiß, ich bin ein Sonntagskind.«

Ute reckte sich und ergriff die neue Puppe. »Oma, schau, die hat echte Schlafaugen.«

Sie wurde nicht müde, die Puppe auf und ab zu bewegen, lautstark klappten dabei die Augendeckel auf und zu.

Die Sommerferien begannen. Außer ihrer Freundin Christine fuhr niemand fort, und so war immer jemand auf der Straße oder in Oberhoffs Garten. Sie ging auch manchmal zu einer Schulkameradin, die auf der Königstraße wohnte und unternahm etwas mit deren Clique. Natürlich hatten sie nicht so ein Spielparadies wie die Kinder der Wittener Straße, aber die ersten Male fand es Ute ganz spannend, über die Mauer zum alten Friedhof zu klettern und dort Verstecken zu spielen.

An einem der ersten Ferientage erblickte Ute an der Straße auf der Höhe des Diergarthschen Bruchsteinhauses einen riesigen Möbelwagen. Einige Kinder schauten wie gebannt, was da alles eingeladen wurde.

»Wer zieht denn da um?«, fragte Ute Marlies, die im Oberhoffschen »Neubau« wohnte.

»Schultes«, kam die kurze Antwort. Das war eine schlimme Nachricht.

»Und was ist dann mit unserem Schützenfest? Ich dachte, Herr Schulte macht das dieses Jahr wieder!«

»Ich auch.« Marlies war heute nicht sehr gesprächig.

Allmählich verbreitete sich Ratlosigkeit bei allen Umstehenden. Herr Schulte kam aus dem Haus und wurde bedrängt: »Sie können uns doch nicht im Stich lassen, wir brauchen Sie, sonst gibt's kein Schützenfest mehr.«

»Keine Sorge, ich helfe euch. Einen neuen Vogel habe ich schon hergestellt. Frau Noelken und Frau Lindner werden das Fest organisieren. Die schaffen das auch ohne mich.«
Diese Aussicht beruhigte die Kinder ein bisschen, aber völlig zufrieden waren sie nicht. Das Schützenfest sollte in diesem Jahr in Oberhoffs Garten stattfinden. Unter Anleitung von Frau Lindner waren einige größere Jungen schon eifrig dabei, den Platz unterhalb des Felsens von Gestrüpp und Unkraut zu befreien. Ute konnte sich kaum vorstellen, wie diese Wildnis in einen Platz für Tische und Stühle verwandelt werden könnte. Trotz dieser Bedenken war Ute froh. »Hauptsache, es gibt überhaupt wieder ein Schützenfest.«

Christine war bei den Arbeitern im Gussstahlwerk bekannt, so konnten die beiden Freundinnen zuweilen auch ungehindert durch die Fabrik marschieren. Formerei, Putzerei, Gießerei – Ute hatte keine Ahnung, wie das alles zusammenhing. Es war eine märchenhafte Welt, in die sie da eintauchte. In der Putzerei glimmerte es, als wenn der schwarze Sand mit kleinen Silberstückchen vermischt wäre. Das rot glühende Eisen in der Gießerei faszinierte die beiden natürlich am stärksten.
»Warum verbrennt das Eisen nicht bei der Hitze?«
Ute wusste, ihr Opa würde ihr diese Frage beantworten können. Auch in die Waschkaue taten die beiden einen Blick. »Ganz viele Duschen nebeneinander.«
Ute war erstaunt. »Wir haben zu Hause gar keine Dusche, nur eine Wanne.«
Sie stellte es sich herrlich vor, nur an einem Rädchen zu drehen und schon käme warmes Wasser. Sie hatten einen Kupferkessel, der bis zur Decke reichte. Er wurde von unten befeuert. Bis das Wasser in dem riesigen Kessel warm war, vergingen Stunden. Daher war nur einmal in der Woche Badetag.
Die Kaue lag im Untergeschoss des Neubaus, daher hatte das ganze Haus Zentralheizung. In Utes Augen war Zentralheizung etwas Wunderbares. Vor allem Oma, die sich am häufigsten mit den Öfen abmühte, hätte solch eine Heizung verdient.
Einmal war Ute mit Christine und ihrem Bruder an einem

Sonntag im Gussstahlwerk. Bis auf den Pförtner hatten sie noch keine Menschenseele erblickt. Auf den Schienen im Außenbereich standen aneinandergekoppelt mehrere leere Loren.

»Kommt, setzt euch mal rein. Ich schiebe euch ein bisschen spazieren.«

Die beiden hatten Vertrauen zu dem Fünfzehnjährigen und kletterten in die schmutzigen Metallkübel, die außerdem noch hin und her schwankten. Claus gab der Lore einen Schubs, schon setzte sie sich in Bewegung. Ute bekam plötzlich Angst, auf der Schiene stand eine einzelne Lore. »Anhalten, Stopp!«

Aber das schaffte Claus nicht. Es gab einen heftigen Ruck, bevor sie zum Stehen kamen. Ein Arbeiter rannte herbei. »Das ist doch keine Spielzeugeisenbahn. Ihr wisst ja nicht, was da alles passieren kann!«

Claus beteuerte: »Damit spielen wir nie wieder, aber bitte nicht meinem Vater sagen!«

»Wenn du mir dein Wort gibst.«

Die beiden reichten sich die Hand.

38.

Als Ute nach Hause kam, befürchtete sie ein Donnerwetter. So schmutzig hatte sie sich noch nie gemacht. Nicht nur Arme und Beine, auch ihr gutes Sonntagskleid war voller Rußspuren. Sie klingelte. Aber was war das? Mama, die ihr geöffnet hatte, nahm sie in den Arm. Sie lachte und hatte gleichzeitig Tränen in den Augen. »Ute, Papa kommt nach Hause!«
Ute ging es ähnlich. Sie wusste nicht, ob sie lachen oder weinen sollte, sagen konnte sie gar nichts. Oma und Opa waren schon gefasster. Sie saßen auf dem alten Sofa in der Küche und hatten eine Flasche Wein aufgemacht. Ute kannte die Flasche, die stand im Keller, solange sie zurückdenken konnte. »Die ist für einen ganz besonderen Anlass« – oft hatte sie Oma das sagen hören.
»Gut, dass wir Paul den Wein nicht mehr zur Begrüßung einschenken können!«
Opa tat einen Schluck und verzog dabei sein Gesicht. Jetzt erst schaute Oma ihre Enkelin an. »Du musst wohl heute ein Extrabad nehmen, so wie du aussiehst, und auf Mama hat es auch schon abgefärbt. Ihr wart wohl wieder in der Fabrik.«
Ute nickte, mehr wollte sie heute nicht preisgeben.
Das weitere Gespräch kreiste natürlich um Papas Heimkehr. Einen genauen Termin hatte man Mama am Telefon nicht mitteilen können. Sie müsse sich bei der Bahn erkundigen, wann Heimkehrerzüge durch Wetter kämen. Ein paar Stunden waren seit dem Anruf vergangen. Auch Mama gewann wieder Boden unter den Füßen. »Ich habe kein schönes Kleid mehr im Schrank. Frau Stein muss mir unbedingt etwas Neues nähen. Wenn sie den Grund hört, wird sie mich bestimmt dazwischenschieben. Gleich morgen kaufe ich den Stoff.«

Das Kleid war längst fertig. Viele Male lief Mama zum Bahnhof, um nach Heimkehrzügen zu fragen. Endlich, am Samstagnachmittag, sollte ein Zug aus dem Lager Friedland in Wetter vorbeikommen. Mama wollte alleine gehen. Ute, aber auch etliche Nachbarn schauten Mama hinterher. Sie wussten natürlich, warum Frau Gehring an einem Samstagnachmittag in einem wunderbaren hellblauen Kleid mit einem bunten Dahlienstrauß in Richtung Bahnhof ging. Nach zwei Stunden kam sie zurück, allein, die Blumen ließen die Köpfe hängen, aber Mama war nicht so niedergeschlagen, wie Oma befürchtet hatte. Sie hatte sich mit einer Frau unterhalten, die ebenfalls auf ihren Mann gewartet hatte. Die beiden wollten sich wohl treffen und auch gegenseitig informieren, sobald man Nachricht vom nächsten Transport hätte.

Ute war den ganzen Nachmittag über mit Oma und Opa in der Wohnung geblieben, obwohl gegenüber im Oberhoffschen Garten das Königschießen stattfand. In einer Woche war Schützenfest. Sie schaute aus dem Fenster hinüber zum geöffneten Tor. Das Schießen musste wohl beendet sein, denn nach und nach trudelten die Kinder aus dem Garten. Warum wurde Christine so umringt? Jetzt musste Ute aber doch nach draußen. Sie wollte wissen, wer Schützenkönig geworden war. Ute hatte die Freundin gleich erblickt. »Stell dir vor, ich bin Königin und Friedel ist König.«

»Nicht Hubert?«

»Nein, der ist erster Adjutant und du sollst die erste Hofdame sein.«

»Dann fahren wir zusammen in der Kutsche, das wird toll!« Ute war von dieser Vorstellung überwältigt.

»Es steht noch nicht fest, ob wir die Kutsche bekommen.« Christine hatte ein Gespräch zwischen Frau Lindner und Frau Noelken mitangehört. »Das Pferd ist nicht ganz gesund.«

Ute sah die Umzüge der Kinder aus anderen Straßen vor sich. »Das wäre aber sehr schlimm. Wir wollen doch den schönsten Schützenumzug von Wetter haben.«

Die beiden Mädchen schmiedeten einen Plan. Christine besorgte am nächsten Tag aus der Oberhoffschen Vorratskammer ein paar Möhren. Ute leerte eine Dose mit Würfelzucker in ihre Jackentasche, und los ging es zum Schloss Mallinck-

rodt. Es war schon lange her, dass die beiden zu Fuß dorthin spaziert waren. War der Weg länger geworden? Endlich – sie standen vor der breiten Front des Gebäudes. Wo war jetzt der Pferdestall? Ratlos schauten sich die beiden an. Da kam jemand quer über den Kiesplatz. Es war wohl der Gärtner, er schob einen Karren Erde vor sich her. »Wohin wollt ihr denn?«
»Wir wollen das Pferd besuchen, das immer die Kutsche zieht.« Christine zeigte auf ihre Möhren.
»Ja, dann kommt mal mit!« Sie gingen rechts am Haus vorbei zu den Stallungen. »Wir haben erst wieder zwei Pferde, hier unser Reitpferd Max.« Er zeigte auf ein hohes, braunes Pferd mit heller Mähne. »Und dort ist Susi, unser Kutschpferd, das uns die ganzen Jahre über so treu gedient hat.«
Christine ging mit ihren Möhren auf Susi zu. »Darf ich?«
»Klar, Möhren sind Susis Lieblingsspeise!«
Ute beobachtete, wie das Pferd an der Möhre knabberte. »Wir haben gehört, Susi ist krank. Was fehlt ihr denn?«
»Da habt ihr euch verhört. Unser Kutscher ist krank. Ihr seid bestimmt von der Wittener Straße. Keine Sorge, ich springe für ihn ein, die kleine Kutsche habe ich schon oft zum Markt gelenkt.«
Die Erleichterung war den beiden anzusehen.
»Darf ich Susi auch Zucker geben?« Ute holte eine Handvoll Stückchen aus ihrer Tasche.
»Klar, sie putzt sich abends ja immer brav die Zähne.«
Die Freundinnen lachten. Voller Elan machten sie sich auf den Heimweg, um die freudige Nachricht weiterzugeben.

Die folgende Woche verging wie im Fluge. Gott sei Dank hatte Oma Utes Kleid vom letzten Jahr in ihrem Schrank aufbewahrt. Christine, Lena und auch die anderen Mädchen, die Ute gesprochen hatte, zogen ebenfalls dasselbe an wie letztes Jahr.
Der Platz unterhalb der Villa war wie verwandelt. Die Jungen hatten sich große Mühe gegeben, ihn vom Gestrüpp befreit und die Unebenheiten beseitigt. Die Villa war für Ute jetzt ein Schloss, und im Garten des Schlosses würde ein großes Fest

stattfinden. Noch im Nachthemd guckte sie am nächsten Morgen aus dem Fenster.

»Schau mal, Mama, die tragen aus Oberhoffs Kantine Tische und Stühle in den Garten.«

»Wenn Christine nicht Königin wäre ...«

Das Telefon schrillte im Flur und Mama ließ den Satz unbeendet. Zum zweiten Mal die Mitteilung: ein Heimkehrertransport aus Friedland. Mama brach nicht in Jubel aus wie beim ersten Mal. Auch Ute hatte ein mulmiges Gefühl. Wenn Papa wieder nicht dabei ist? Sie verdrängte diesen Gedanken, indem sie eingehend beobachtete, was alles abgeladen wurde: Tischwäsche, Getränke, Wäschekörbe voller kleiner Päckchen. Es hielt Ute nicht mehr im Haus. Rasch zog sie sich an, reagierte nicht auf Omas Protest, als sie sich ihr Frühstücksbrot vom Teller schnappte und damit loslief.

Sie war nicht die einzige Zuschauerin. Frau Lindner verstand es, die Kinder zu animieren, bei der Vorbereitung zu helfen. Ute durfte aus den Wäschekörben die geheimnisvollen Päckchen anreichen, die an einem Seil befestigt wurden, das zwischen zwei Bäume gespannt war. Sie waren mehrfach mit Papier umwickelt. Bei keinem konnte sie den Inhalt erraten. »Und warum werden die Päckchen alle hier aufgehängt?«

»Bei dem Spiel werden die Augen verbunden, und mit einer Schere darf man sich ein Geschenk abschneiden.«

Die Begeisterung zu helfen erlahmte nicht nur bei Ute. Bis zum Mittag stromerte man im Garten herum. Im Obsthof fand man noch ein paar herrliche Äpfel.

»Es wird Zeit. Um zwei Uhr geht der Umzug los. Ihr müsst euch ja auch noch umziehen.« Frau Lindner schickte die Kinder in die Mittagspause.

Zu Hause duftete es wunderbar nach Kuchen. »Backst du noch einen Kuchen fürs Schützenfest?« Ute schaute Oma erstaunt an.

»Nein, der ist für deinen Papa.«

Ute konnte sich nicht vorstellen, dass ihr Vater auf einmal hier am Tisch sitzen und Kuchen essen würde. Unauffällig betrachtete sie Mama, die sich wieder ihr neues hellblaues Kleid angezogen hatte. Ob sie wohl an Papas Heimkehr heute Nachmittag

glaubte? Ute zog ihr langes Kleid an und ließ sich von Oma mit der Brennschere Korkenzieherlocken drehen. Währenddessen verzehrte sie ein Butterbrot, das heute das Mittagessen ersetzte.
»Wie spät ist es, Oma? Um zwei geht der Zug los.«
»Noch genügend Zeit.« Oma drehte gerade die letzte Locke, als Ute auch schon aufsprang. Sie hatte sich nicht verhört. Die Kutsche stand schon auf der Straße in Höhe ihres Hauses und Hubert kam ihr entgegen. Alles ging danach sehr rasch. Kaum hatte sie Platz genommen, setzte sich der Zug in Bewegung. Sie war losgerannt und hatte gar nichts mehr gesagt. Wenn jetzt ihr Papa nach Hause käme und sie wäre nicht da? Sie sangen all die bekannten Lieder wie im letzten Jahr, aber Ute war nicht bei der Sache. Sie betete innerlich: »Lieber Gott, lass meinen Papa heute wiederkommen, aber erst, wenn der Umzug vorbei ist!«

Plötzlich hielt die Kutsche an. Sie standen vor dem geöffneten Tor des Oberhoffschen Gartens. Ute war überrascht, den letzten Teil der Fahrt hatte sie gar nicht mehr richtig wahrgenommen. Anstatt mit dem Königspaar feierlich zu den Ehrenplätzen zu schreiten, rannte sie über die Straße nach Hause. Heftig drückte sie auf die Klingel. Oma, die rasch öffnete, guckte verdutzt.
»Weißt du was Neues?«
»Das wollte ich dich gerade fragen, Oma!« Ute war erleichtert. Mama war noch am Bahnhof und wartete.
»Oma, wenn Papa kommt, du weißt ja, wo ich bin.« Schon sprang Ute wieder über die Straße zum Fest, das wie im letzten Jahr mit dem großen Kaffeetrinken begann. Die Sonne schien noch fast so heiß wie im Hochsommer. Ute saß vor ihrem Stückchen Bienenstich, das heute nur sehr langsam kleiner wurde.

Plötzlich kam von der Straße ein Mann in den Garten gerannt, den Ute nicht kannte. »Wo ist die kleine Ute, ihr Papa ist nach Hause gekommen.«

Wie im Traum erhob sie sich und ging aus dem Tor auf eine Menschengruppe zu, in der sie Mama in ihrem hellblauen Kleid entdeckte. Als sich Ute näherte, blieben alle in der Gruppe stehen. Obwohl über vier Jahre vergangen waren, seit sie ihren Papa zuletzt gesehen hatte, erkannte sie ihn gleich. Er lächelte, bückte sich zu ihr herunter und nahm sie in den Arm. Was Papa, Mama oder sie selbst in diesen Minuten sagten, verschwamm in ihrem Kopf. Auch dass die ganze Schützenfestgesellschaft hinter ihr stand, bemerkte sie erst, als sie sich umdrehte, um mit Papa und Mama nach Hause zu gehen.

Oma musste die Nachricht wohl noch ein paar Minuten eher bekommen haben oder hatte sie fest an Papas Ankunft geglaubt? Im Esszimmer war der Kaffeetisch festlich gedeckt, Mamas Schilder, Pinsel und Tuschen waren unsichtbar, und eine verlockende Apfeltorte wartete darauf, verspeist zu werden. Oma hatte an alles gedacht, Badewasser und Wäsche waren bereit, auch einen Anzug für Papa hatte sie aus dem Schrank geholt. Jetzt wurde Ute bewusst, was für ungewöhnliche Kleidung Papa trug. Als sie auf der Straße auf ihn zukam, hatte sie kaum darauf geachtet. Diese grünlich gesteppte Jacke war viel zu warm für das schöne Spätsommerwetter. An den Füßen trug er keine richtigen Schuhe, das waren nur Sohlen und Lappen, mit Bändern zusammengehalten. Die Tränen flossen, als alle um den alten Esstisch versammelt waren. Aber es waren Freudentränen, das fühlte Ute.

»Ist jetzt endlich Frieden?«, fragte sie.

Eine Antwort darauf brauchte sie nicht.